FOLIO POLICIER

Georges Simenon

La maison des sept jeunes filles

suivi de

Le châle de Marie Dudon

Gallimard

Georges Simenon naît à Liège le 13 février 1903. Après des études chez les jésuites, il devient, en 1919, apprenti pâtissier, puis commis de librairie, et enfin reporter et billettiste à *La Gazette de Liège*. Il publie en souscription son premier roman, *Au pont des Arches*, en 1921, et quitte Liège pour Paris. Il se marie en 1923 avec « Tigy » et fait paraître des contes et des nouvelles dans plusieurs journaux. *Le roman d'une dactylo*, son premier roman « populaire », paraît en 1924, sous un pseudonyme. Jusqu'en 1930, il publie contes, nouvelles, romans chez différents éditeurs.

En 1931, le commissaire Maigret commence ses enquêtes… On tourne les premiers films adaptés de l'œuvre de Georges Simenon. Il alterne romans, voyages et reportages, et quitte son éditeur Fayard pour les Éditions Gallimard où il rencontre André Gide.

Durant la guerre, il est responsable des réfugiés belges à La Rochelle et vit en Vendée. En 1945, il émigre aux États-Unis. Après avoir divorcé et s'être remarié avec Denyse Ouimet, il rentre en Europe et s'installe définitivement en Suisse.

La publication de ses œuvres complètes (72 volumes !) commence en 1967. Cinq ans plus tard, il annonce officiellement sa décision de ne plus écrire de romans.

Georges Simenon meurt à Lausanne en 1989.

LA MAISON
DES SEPT JEUNES FILLES

I

Il marcha encore de la fenêtre à la bibliothèque, ce qui représentait trois bons pas, puis de la bibliothèque à la porte. C'était tout le parcours qu'il pouvait se permettre dans son bureau, la plus petite pièce de la maison en même temps que celle où on avait entassé le plus de meubles.

Arrivé à la porte, il écouta et il était impossible qu'en écoutant il ne devînt pas soucieux. La maison était petite, c'est entendu, comme toutes les maisons nouvelles. Mais elle était aussi solide qu'une ancienne ; les planchers étaient de vrais planchers, les plafonds des plafonds et les murs des murs.

N'empêche qu'à cet instant on aurait pu croire qu'elle allait éclater, ou s'enfler, ou gondoler comme une maison des dessins animés.

– Huguette !... appela Guillaume Adelin, professeur d'histoire au lycée de Caen, en se campant avec beaucoup de dignité et de calme au seuil de son bureau. Huguette !...

— Oui, pappi…

Il fronça les sourcils, soupira, non seulement à cause de ce pappi ridicule et trop familier, mais à cause de tout ce qu'il entendait : des portes qui claquaient, des robinets qui coulaient, des planchers qui tremblaient et des voix criardes qui faisaient croire à vingt disputes.

— Vous êtes sûr que ce sera assez grand ? avait insisté Adelin, quand il avait fait bâtir cette maison dans le quartier le plus neuf et le mieux aéré de Caen.

— C'est ce que nous faisons d'habitude pour douze personnes…, jura l'architecte.

Or, Adelin n'avait que sept filles ! et ces sept filles suffisaient, tant elles tenaient de place, à donner l'impression que la maison n'était pas une vraie maison, mais une habitation de poupée.

— Je te dis que ce sont *mes* bas ! glapissait Élisabeth, dans la seconde chambre. Rends-les-moi…

Les bas devaient déjà être aux jambes d'une de ses sœurs, car cet ordre fut suivi d'une bousculade, du grincement des ressorts d'un lit, d'une lutte farouche, puis de cette constatation articulée d'une voix paisible, la voix de Mimi :

— Te voilà bien avancée, à présent ! Tu ne peux quand même plus rien en faire…

Et Guillaume Adelin, qui aurait tant aimé être

le chef d'une famille modèle, soupira, appela une fois encore :

– Alors, Huguette ?…

Huguette surgissait de l'escalier et, naturellement, elle s'était mis autant de rouge sur les lèvres que de beurre sur une tartine.

– Qu'est-ce que tu veux, pappi ?

– Entre un instant…

Il savait qu'il était beau, qu'il avait un profil de médaille et une stature de vrai Viking, que son front dégarni ne faisait qu'ajouter à sa noblesse.

– Assieds-toi !… A-t-on décidé qui irait lui ouvrir la porte ?

– Non. Mais je suppose que ce sera moi…

– Voilà justement ce qu'il faut éviter… C'est la première fois que ce jeune homme vient ici, qu'il fait en somme officiellement ta connaissance… Il ne faut pas que tu montres trop d'empressement, qu'il te prenne pour une petite fille à qui il a tourné la tête… J'aimerais mieux voir Rolande l'accueillir… Attends ! Je n'ai pas fini… Évitez d'être toutes à l'attendre au salon, comme si la famille entière se trouvait bouleversée par cette visite… Pour ma part, je resterai ici…

– Mais, pappi…

– Surtout, évitez toutes de m'appeler pappi !… Je dis donc que je resterai ici… on annoncera que je travaille et l'une d'entre vous viendra me chercher…

— Bien, pappi !

Alors il lui posa la main sur l'épaule et se sentit devenir sentimental.

— Émue ? demanda-t-il.

Et Huguette de répliquer simplement :

— Non, pappi. Pourquoi ?

Il hésita, marcha encore jusqu'à la fenêtre, revint vers sa fille et remit la main sur son épaule.

— Ma petite Huguette, c'est sans doute à toi que nous devrons la fin de nos ennuis… Laisse-moi t'embrasser et te dire merci…

— C'est tout ? demanda-t-elle, impatiente de rejoindre ses sœurs.

— C'est tout… Va voir si ta mère est prête… Recommande à Mimi de ne pas dire de grossièretés et à Rolande d'être aimable… Assure-toi que les gâteaux ne sont pas encore une fois trop cuits…

En refermant sa porte, il avait la sensation d'avoir fait tout son devoir, comme un général qui a la responsabilité d'une armée ou un homme d'État qui a tout un peuple à mener !

N'avait-il pas à conduire tout ce petit peuple des Adelin qui faisait retentir la maison de ses pas et de ses cris ?

La maison n'était pas grande, soit, mais elle était neuve, en belles briques rouges, avec le plus beau toit de la rue et un jardin derrière la cuisine !

Pendant quinze ans, à mesure qu'on attendait des garçons et qu'il arrivait des filles, à mesure aussi que des propriétaires grincheux obligeaient les Adelin à déménager sans cesse comme des romanichels, on avait répété cent fois :

– Quand nous aurons notre maison…

On l'avait, depuis déjà quatre ans, exactement pareille à celle du catalogue, à cette différence près que celle du catalogue était silencieuse et toujours en ordre. Mais n'était-ce pas agréable, comme aujourd'hui, de sentir une bonne odeur de gâteau ?

– Huguette ! appela à nouveau Guillaume Adelin.

– Qu'est-ce qu'il y a encore ?

– Viens un instant…

Il referma la porte derrière elle, baissa le ton.

– Je voudrais te demander… Surtout ne va pas croire que je te presse… Pour quand crois-tu que cela pourrait être ?

– Mais pappi, je ne sais pas, moi !

– Il ne t'en a jamais parlé ?

– Pas précisément…

– Enfin, il t'a embrassée… Il t'aime… Je suppose qu'il te l'a dit… Il a tout de suite accepté quand tu l'as invité à venir prendre une tasse de thé à la maison…

— Bien sûr !

— Bon ! Laisse-moi…

Et Guillaume Adelin devenait nerveux, toujours plus nerveux à mesure que l'heure approchait. Il avait sept filles dont l'aînée, Roberte, avait vingt-sept ans, et c'était la première fois qu'un futur gendre allait se présenter ! Quel futur gendre ! Gérard Boildieu, le fils de feu le général Boildieu, fils unique par surcroît, qui vivait avec sa mère dans un des plus beaux hôtels particuliers de la rue des Minimes et dans le manoir de Boildieu !

— Huguette !

— Zut, pappi…, cria-t-elle du rez-de-chaussée.

Il pensait tout à coup qu'il fallait prendre des dispositions pour le cas où M. Rorive arriverait pendant que le jeune homme serait là.

— Rolande !… Mimi !…

Et voilà que, juste au moment où il allait donner des instructions, un coup de sonnette figeait la maison, arrêtant net toute effervescence. Adelin en fut si ému qu'il ouvrit un bahut et se servit un petit verre de calvados qu'il cachait pour quand il était très fatigué. Puis il se redressa, prit l'attitude qui seyait, l'attitude digne d'un père de famille, mais aussi celle du savant qui s'arrache à ses travaux par devoir. Il entrouvrit la porte, entendit des voix dans le corridor, fit deux pas, se pencha sur la rampe et devint pâle.

M. Rorive disait en accrochant son chapeau au portemanteau :

— Je suis venu dire un petit bonjour en passant… Il me semble que cela sent bien bon chez vous !…

M. Rorive, c'est-à-dire l'ennemi, le cauchemar de toute la maisonnée ! M. Rorive qui avait prêté une partie des fonds nécessaires à la construction de la maison et qui, depuis deux ans, venait chaque semaine réclamer en vain son argent !

— Pappi ! C'est…

— Je sais ! Qu'il monte…

Si encore c'eût été un homme comme il faut, un homme bien élevé, capable de comprendre les choses ! Mais non ! Guillaume Adelin avait commis la faute d'accepter l'argent d'un marchand de beurre et de fromages retiré des affaires, un boutiquier gras, rond et rouge, qui ne parlait même pas le français correctement mais qui prononçait le mot « argent » une fois par minute.

Il montait l'escalier péniblement. Il soufflait :

— Je suis allé sur la tombe de la pauvre Mme Rorive et, en passant, j'ai voulu voir si…

— Asseyez-vous donc, je vous en prie…

— Il me semble que la maison est bien agitée aujourd'hui. Vous attendez du monde ? Moi, depuis que Mme Rorive est morte, je ne reçois plus. Il est vrai que cela coûte si cher de recevoir !

Et son vilain petit œil se fixait sur Adelin avec l'air de dire :

— Vous, cela vous est égal, puisque c'est avec mon argent que vous faites la nouba !

Le deuil le rendait encore plus vulgaire, faisait paraître son visage plus rouge et plus gras, ses mains plus courtes.

— Écoutez, monsieur Rorive…

— Vous savez ce que je vous ai dit la semaine dernière ? J'ai besoin de mon argent ! Parce que vous êtes père de famille je vous ai accordé un délai d'un mois, mais…

— Monsieur Rorive, j'ai une grande nouvelle à vous annoncer… Jurez-moi seulement de garder le secret… Huguette est fiancée… !

— Huguette ? Laquelle est-ce exactement ?

— Celle qui est fonctionnaire des P.T.T… Nous attendons le fiancé d'une minute à l'autre…

— Il est riche ?

Et Adelin de prononcer en regardant son interlocuteur dans le blanc des yeux :

— Boildieu !… Gérard Boildieu… Vous comprenez, à présent, pourquoi je vous ai demandé de patienter ?… Je vous supplie de ne rien dire encore !… Vous savez combien ces choses-là sont délicates…

Adelin, qui s'était approché de la fenêtre,

s'immobilisa. Dans la rue déserte, une grosse voiture venait de s'arrêter sans bruit devant la maison.

– Regardez… C'est lui…

La sonnette tintait. Des filles galopaient dans la maison comme dans un pensionnat tandis que leur père se demandait comment il allait faire pour escamoter M. Rorive, pour lui faire comprendre qu'il devait s'en aller sans se montrer.

– Je suis bien content de lui serrer la main… C'est moi qui fournissais les Boildieu en fromages…

Le salon avait à peu près quatre mètres sur trois mètres cinquante et les meubles ne laissaient que de rares espaces libres. Gérard Boildieu était debout en face d'Huguette qui, en rougissant, le débarrassait de son chapeau.

– C'est gentil d'être venu…, disait-elle. Maman ! Je te présente un camarade, Gérard Boildieu…

Mme Adelin souriait, comme elle souriait toujours, d'un sourire vague qui lui donnait une expression lunaire. On lui avait recommandé de ne pas parler et, comme ses filles la surveillaient, elle obéissait, s'inclinait, souriait de plus belle et allait se rasseoir dans un fauteuil.

— Vous connaissez déjà ma sœur Mimi... Roberte va venir... Elle prépare le thé... Voici Rolande...

Et Rolande serrait à la broyer la main du jeune homme.

— Il en manque encore, expliquait Huguette... Clotilde, qui est institutrice à Isigny, n'a pas pu venir... Élisabeth est en haut à se faire une beauté...

— Et Coco ? s'informa Boildieu.

— On ne sait pas... Elle a disparu aussitôt après le déjeuner... Elle va sûrement arriver... Mais asseyez-vous donc !... Pappi travaille... Tout à l'heure, il nous rejoindra...

Là-dessus, il y eut un long silence, car on ne savait que dire. Chacun s'était assis et il semblait qu'il n'y avait plus place pour un chat dans la pièce. Sur la table trônaient déjà des plateaux avec des petits-fours et des gâteaux secs. Sur la desserte, on voyait le cruchon de cognac qui ne servait qu'aux grandes occasions et le service de gobelets en vermeil.

Rolande toussa, exprès, et Huguette lui lança un sale coup d'œil. Mimi murmura après avoir regardé le plafond d'un air inspiré :

— Quelle marque est-ce votre auto ? Vous nous ferez faire une promenade en partant ?

— Volontiers, mademoiselle Émilienne...

— Vous savez, dit Huguette, vous pouvez fumer...

— Merci… Je fume très peu…

Si seulement Coco avait été là ! Elle aurait tout de suite trouvé quelque chose à dire ! N'importe quoi, plutôt quelque chose de mal que de bien, mais l'atmosphère aurait été créée.

— Vous irez mercredi au cinéma ?

— Vous savez que je n'y manque jamais !…

Parbleu ! C'était même grâce au cinéma qu'il était là ! C'était au cinéma qu'un mercredi, voilà deux mois, il avait aperçu Huguette qui, comme d'habitude, était accompagnée de Mimi et de Coco, les deux jumelles de seize ans.

Elles prenaient toujours une loge, car elles avaient des billets de faveur. Le mercredi suivant, Boildieu était dans la loge voisine et le mercredi d'après, comme il restait une place libre, il s'installait dans leur propre loge.

— Tu n'es pas honteuse de flirter devant Mimi, protestait un peu plus tard Coco, qui était poison comme tout. Je le dirai à pappi…

— Ne fais pas cela ! Jure-moi de ne pas lui dire…

— Qu'est-ce que tu me donneras ? Ton chandail vert ?

Moyennant le chandail vert, qui était d'ailleurs trop large pour elle. Coco avait soupiré en silence pendant deux mois, dans la loge où Huguette et Boildieu passaient des heures, chaque mercredi, les mains dans les mains. Et, la dernière fois, au sortir du cinéma, Huguette l'avait fait marcher devant avec Mimi tandis qu'elle-même et Gérard s'arrêtaient dans tous les coins d'ombre.

— Tant pis ! Puisque tu exagères, je le dirai... J'aime encore mieux te rendre ton chandail !...

Elle l'avait dit. On avait tenu un conseil de guerre, le soir, sous la lampe. Huguette avait les yeux rouges. En fin de compte, on avait décidé que Boildieu serait invité à prendre une tasse de thé à la maison.

Il n'osait pas croiser les jambes. Il ne savait où regarder. Mme Adelin souriait aux anges. Huguette articulait, pour dire quelque chose :

— Je me demande où Coco peut être allée...

— Elle a pris la bicyclette ! fit Mimi. Et la bêche...

— La bêche ?

On en avait acheté une pour le jardin qui était à peu près de la grandeur du salon.

— Elle a emporté une bêche ?

M. Rorive ne se décidant pas à partir, Adelin se résignait à descendre avec lui et à le présenter.

— Un de nos voisins...

— L'ancien marchand de fromages de votre mère... se hâta de préciser M. Rorive. Même que votre cuisinière, en ce temps-là, était une belle chipie !... Alors, comme ça, on me dit que vous allez faire une fin ?

Il n'y avait pas cinq minutes qu'il avait juré

de ne pas parler des fiançailles, de ne pas y faire la moindre allusion ! Gérard levait la tête d'un mouvement brusque. Adelin enchaînait :

– Rolande va nous chanter quelque chose… Mais si ?… Vous verrez qu'elle a une jolie voix de salon…

Il était parjure lui aussi, car il avait promis solennellement à Rolande qu'on ne lui demanderait pas de chanter.

Rageuse, elle fit claquer le couvercle du piano. Tournée vers Boildieu, elle murmura :

– Je suppose que vous ne vous y connaissez pas en musique et que cela vous est égal que je chante faux ?

– Je suis persuadé que vous ne chantez pas faux.

– Vous allez voir !

Ah ! On la faisait chanter ! Boum ! Boum ! Boum ! Elle plaqua de lourds accords à démolir l'instrument.

– Tu y tiens toujours, pappi ?

– Chante ! répéta-t-il en la regardant avec sévérité, comme il regardait ses élèves au lycée.

Elle chanta faux, exprès. M. Rorive avait pris un petit four et le grignotait en hochant la tête à contretemps. Huguette se retenait de pleurer et, par contenance, annonçait à mi-voix :

– Je vais voir si le thé est prêt…

Dans la cuisine, elle retrouva Roberte qui, en tablier, achevait de démouler le gâteau.

— Qu'est-ce que tu as ? Tu pleures ?

— M. Rorive va faire tout rater !

Et Roberte de déclarer en guise de consolation :

— Tu as bien le temps de te marier… Moi, à ton âge…

Pauvre Roberte ! Elle avait vingt-sept ans. C'était elle, pour ainsi dire, qui avait élevé ses sœurs et maintenant encore elle tenait la maison. Et cependant, elle avait un grand amour au cœur !

— Est-ce que je pleure, moi ?

Non ! Elle ne pleurait pas ! Depuis déjà trois ans, M. Émile, comme on l'appelait dans la maison, qui était receveur de l'enregistrement et qui avouait trente-cinq ans, avait quitté Caen, et avait été nommé à Avignon. Il avait juré à sa vieille mère de ne pas se marier tant qu'elle vivrait et il écrivait chaque semaine à Roberte, d'une écriture fine et distinguée, sans même se permettre de la tutoyer.

— C'est pappi qui a dû lui parler…, soupirait Huguette.

— À qui ?

— À M. Rorive… Il lui aura promis de le rembourser dès que j'aurai épousé Gérard…

— Tu ferais mieux de retourner au salon… Rolande a fini de chanter…

Rolande, en effet, refermait son piano et déclarait :

— Voilà ! Vous l'avez voulu. N'empêche que cela ne vous a pas fait plaisir, ni à moi... Ce n'est pas ma faute si vous manquez de sujets de conversation...

Et pourtant Guillaume Adelin les avait élevées du mieux qu'il avait pu !

— Cela vous amuserait de voir un manuscrit du XIVe siècle ? demanda-t-il à Gérard.

Il l'emmena dans son bureau. Il lui montra le manuscrit, puis des livres, puis un gros travail inachevé.

— Je parie que vous ne vous êtes jamais demandé d'où venait notre nom...

— J'avoue que...

— Souvenez-vous de votre histoire de Normandie... Car je suppose que vous êtes normand...

— Ma famille n'est en Normandie que depuis Napoléon...

— Rappelez vos souvenirs... Comment s'appelait le fils de Guillaume le Conquérant ?... Guillaume A...

Il lui soufflait, comme en classe.

— Guillaume Ade... Guillaume Adelin, voyons !... Né en 1102 et mort en 1120... Remarquez qu'il avait dix-huit ans quand il est mort et que, par conséquent, rien ne l'a empêché d'avoir des enfants. Si bien que ma famille descend directement de...

Il avait l'habitude, quand il parlait, de s'approcher de la fenêtre. Or, voilà qu'il s'interrompait, ahuri par le spectacle qui se présentait à ses yeux. Une vieille camionnette venait de s'arrêter devant la maison et un jeune homme sautait à terre, vêtu en chienlit, les pieds nus dans des sabots, le bas du pantalon détrempé. Il aidait quelqu'un à descendre à son tour et ce quelqu'un n'était autre que Coco, dont la tenue était encore plus ahurissante !

Gérard s'était approché de la fenêtre, lui aussi, et il éclatait de rire, tandis que le père essayait vainement d'en faire autant.

On était au début de novembre et on ne pouvait s'attendre à rencontrer dans les rues une jeune fille vêtue d'une culotte courte, mouillée par surcroît, et d'un chandail tout couvert de sable.

– Mon vélo !..., l'entendait-on dire à son compagnon.

Le vélo était d'abord débarqué de la camionnette, puis un énorme panier, une bêche.

– Quand je pense que ses sœurs sont si convenables ! se lamenta Adelin à l'intention de son compagnon.

– Si nous descendions voir ce qu'elle rapporte ?

On descendit. Coco, avec le panier qu'elle traînait, remplissait d'eau le corridor.

– Arrivez, tout le monde ! criait-elle. Venez admirer ma pêche !

La camionnette était repartie. La bêche, appuyée au mur, menaçait d'érafler le faux marbre. On se pressait autour du panier, qui contenait au moins quinze kilos de poissons longs et étroits, des équilles, qu'on pêche dans le sable à marée basse.

– Ouf !... Il y avait peut-être cinq mille personnes à Riva-Bella et chacun bêchait à qui mieux mieux !... Si je n'avais pas rencontré le marchand de charbon pour me ramener...

Elle aperçut Gérard, lui tendit une main mouillée que le sable rendait rugueuse comme du papier de verre.

– Vous êtes là, vous ?... Ce qu'on doit rigoler !... Je vois ça d'ici !... Je parie que Rolande a chanté et qu'il y a un gâteau quatre-quarts... Vous n'y coupez pas !...

– Coco ! Tu ferais mieux d'aller t'habiller convenablement.

– M. Rorive est ici aussi ?... Toutes les joies, quoi !... Merci bien !... Si j'avais su, je serais restée aux équilles...

– Qu'est-ce que vous allez en faire ? questionnait M. Rorive, penché sur le poisson. Vous n'allez pas manger tout ?

– Pas tout, non...

– Si vous le permettez...

— Mais comment donc ! Prenez-en autant que vous voudrez.

— Ce matin, au marché, elles valaient cinq francs le kilo…

On rentra au salon. Huguette, qui ne savait plus qu'inventer, passait les tasses de thé. Elle souffla à l'oreille de Gérard :

— Je vous demande pardon…

— De quoi ?

— On dirait une maison de fous, n'est-ce pas ? Et Coco est si mal élevée !… Deux morceaux ?… Trois ?…

Comme il ne faisait pas attention, elle continuait à mettre du sucre dans sa tasse, cependant que Guillaume Adelin prononçait avec une noble sévérité :

— Colette, je vous ordonne…

— Tiens ! Tu m'appelles Colette, à présent ? Voilà dix ans que je demande qu'on ne m'appelle plus Coco et c'est seulement aujourd'hui…

— Colette, je vous prie de monter dans votre chambre et de passer une robe.

— Il ne faut pas que je mette un corset ? lança-t-elle en esquivant la gifle qui faillit lui arriver. Allons ! Ennuyez-vous consciencieusement ! Quand je pense que vous êtes tous là les uns sur les autres à ne savoir que dire et qu'il faisait si beau à Riva-Bella… Tu me garderas des petits-fours, Mimi ? Si tu ne m'en gardes pas au moins cinq, je ne te raconterai pas la suite de *La Femme volante*...

Elle disparut enfin et Adelin essaya de sourire en buvant son thé chaud.

– Je me demande, commença M. Rorive, pourquoi les petits-fours coûtent si cher. Car, enfin, qu'est-ce que c'est : de la farine, du sucre, des œufs, quand il y en a dedans, et...

On venait de tourner le commutateur électrique, et la lampe, voilée d'un lourd abat-jour de soie rose, ne donnait qu'une demi-clarté.

Adelin adressait des signes impérieux à ses filles. Ces signes commandaient :

– Un peu d'entrain, voyons !... Montrez-vous sous votre meilleur jour !... Parlez !... Dites des choses spirituelles...

À chacune qui naissait, il pensait que celle-là enfin allait combler ses vœux, devenir la jeune fille modèle telle qu'il l'imaginait. Et chaque fois c'était une désillusion !

Roberte, l'aînée (il l'avait appelée ainsi parce que c'était le prénom de la mère de Guillaume le Conquérant), Roberte était aussi brave que possible, mais elle n'était à son aise que dans la cuisine, ou bien à genoux par terre à manier des torchons.

Clotilde, l'institutrice d'Isigny, qui avait déjà vingt-cinq ans, annonçait tous les trois mois par une lettre sentimentale qu'elle allait enfin se marier. C'était chaque fois avec des jeunes gens différents et chaque fois l'affaire ratait peu après !

Rolande, qui travaillait comme aide-pharmacienne et qui était la plus belle, soupirait à chaque occasion :

— Je me demande comment j'ai pu naître dans une famille comme la nôtre !

Ainsi de suite ! Huguette, enfin, arrivait avec un fiancé, telle une jeune fille normale, un fiancé qui n'était pas encore tout à fait un fiancé, mais qui allait le devenir.

Et voilà qu'on le recevait de façon à le décourager !

Quant à Coco... Est-ce qu'elle ne s'était pas fait une esclave de sa sœur Mimi, sa jumelle, qui lui obéissait mieux qu'à ses parents ?

— Qu'est-ce qu'on pourrait bien faire pour passer le temps ?

— Vous ne jouez pas au Nain jaune ? demanda Adelin sans conviction.

Car il avait compris du premier coup d'œil que Gérard était un jeune homme comme il faut, timide à souhait, élevé dans les jupes de sa mère.

— Je ne connais pas les cartes..., s'excusa-t-il.

— Les dominos non plus ?

— Très peu... J'avoue...

— Gérard ! cria une voix, au premier étage.

C'était Coco qui se montrait, à moitié habillée, sur la plus haute marche de l'escalier.

— Vous savez ce qu'on va faire, Gérard ? C'est un truc que m'a donné le marchand de charbon, qui a été pêcheur dans le temps. Il paraît qu'il faut cuire les équilles en plein air, sur un feu de bois, et les manger au fur et à mesure…

Elle était déjà en bas. Elle emmenait Gérard, qui ne protestait pas. Huguette suivait, résignée. Rolande décrétait :

— Quelle nouille !

Et quelques instants plus tard, par la fenêtre, on les voyait dans le jardin où il n'y avait plus que des trognons de choux sur la terre noire.

Coco essayait d'allumer les branches du seul arbre, un cerisier qui ne voulait pas donner de fruits, et elle avait passé un couteau de cuisine à Boildieu qui nettoyait consciencieusement les poissons.

Sur la table, il y avait le gâteau à peine entamé. M. Rorive s'en servit un grand morceau.

— Ils ne vont pas manger des poissons à cette heure-ci ? dit-il.

Et Adelin, qui lui en voulait, de répliquer :

— Pourquoi pas ?

— C'est leur affaire, après tout !… Dites donc… Un renseignement… Laquelle est-ce encore, la fiancée ?…

— Qu'en dites-vous, hein ? questionnait Coco qui avait enfilé deux douzaines de poissons sur un fil de fer et qui les présentait à la flamme.

— De quoi ?

— De la famille...

— Ma foi...

— Je ne vous demande pas d'être poli, mais de dire ce que vous en pensez...

— Colette ! protesta Huguette. Laisse Gérard tranquille...

— Je ne te le mangerai pas, va !... N'est-ce pas, Gérard ?... Remarquez que papa est beaucoup mieux quand il n'y a personne... Je parie qu'il vous a déjà parlé de Guillaume le Conquérant...

— Oui...

— Quant à maman, elle a l'air de sortir d'un conte de fées... Elle est tellement heureuse d'avoir eu sept filles qu'elle se contente désormais de sourire aux anges...

— Tais-toi ! gronda Huguette. Sinon...

— Sinon quoi ? Rolande n'est pas mal non plus quand on ne la regarde pas. Je suis sûre que c'est la plus intelligente de nous toutes... Sauf moi, bien entendu !... Qui veut des équilles ?...

Celles-ci, mal nettoyées et pleines de sable, craquaient sous la dent. N'empêche que Coco en mangeait autant qu'elle pouvait et que Gérard, assis sur une vieille caisse, l'imitait.

— Quant à M. Rorive, c'est une sale bête...

Malheureusement il n'y a pas moyen de le mettre à la porte tant qu'on n'a pas fini de payer la maison !... Mimi !... Mimi !...

Mimi la regardait avec convoitise à travers la vitre du salon.

— Viens manger des équilles !...

En vérité, qu'est-ce que Guillaume Adelin pouvait faire ? Gavé et mangeant encore, M. Rorive lui déclarait :

— Je vous donne deux mois... Avouez que c'est gentil de ma part et que j'ai de la patience !... Si, après deux mois, vous n'avez pas remboursé les soixante mille francs que vous me devez, je me verrai forcé de faire vendre...

À croire que la maison comprenait et qu'elle en tremblait !

— Je ne suis pas aveugle et j'ai bien vu que, quand j'ai parlé de fiançailles, ce jeune homme a regardé ailleurs...

— Je vous jure...

— Sachez que si la pauvre Mme Rorive — Dieu ait son âme ! — m'avait donné des filles, elles ne seraient pas arrivées à des vingt-sept ans sans trouver de mari...

On n'avait même pas le droit de lui répondre ! Il fallait sourire, lui donner un petit verre, boire à sa santé.

— Je vous promets, monsieur Rorive...

Huguette entra dans le salon, les yeux rouges.

— Qu'est-ce que tu as ? lui demanda son père. Tu ne restes pas avec ton fiancé ?

— Je n'ai rien… C'est la fumée…, s'excusa-t-elle.

— Et lui ? Qu'est-ce qu'il fait ?

— Coco a parié qu'elle grimpait mieux aux arbres que lui et ils sont en train de monter dans le cerisier…

M. Rorive regarda Adelin avec l'air de dire :

— Je me doutais que ce n'était pas sérieux !

Puis son regard fit le tour des gâteaux, des petits fours, des tasses de thé et des liqueurs.

— Vous en avez au moins pour cent francs…, constata-t-il en cherchant son chapeau. Enfin !… Je ne vous prends pas en traître… Vous êtes prévenu, monsieur Adelin…

— Rolande !… Reconduis M. Rorive…

Rolande le fit dédaigneusement, comme elle avait chanté. M. Rorive avait à peine disparu que Gérard rentrait avec Coco qui riait aux éclats et qui clamait :

— Laissez-le vite s'asseoir !… Il a fait un accroc à son pantalon… Donne-lui à boire, Huguette…

Elle les regardait tous, dans le clair-obscur rose. Peu à peu devenait plus grave, demandait enfin :

— Qu'est-ce que vous avez ? On dirait que vous avez avalé quelque chose qui ne passe pas…

Puis à Mimi :

— Où as-tu mis mes petits-fours ?

Guillaume Adelin, avec toute la solennité voulue, prenait dans l'armoire la boîte de cigares des grands jours.

II

Il y avait peut-être quinze jours que la petite fête avait eu lieu chez les Adelin et Guillaume Adelin n'y pensait même plus, surtout à cette heure de la journée, alors qu'il traversait la cour du lycée, où les élèves étaient encore en rang.

Il n'était pas de ces professeurs qui se négligent, manquent de tenue ou qui, comme le vieux professeur de mathématiques, par exemple, font nettement pitié. D'abord, il était beaucoup plus grand et beaucoup plus fort que les autres, avec un teint rose de vrai Normand. Il se tenait très droit, marchait le cou raide, sa serviette noire sous le bras gauche, saluant d'un geste automatique, sans les regarder, les élèves qui le croisaient.

Dans son bureau, il avait un chiffon pour essuyer ses chaussures quand elles étaient le moins du monde souillées, une brosse pour son chapeau. Enfin, l'hiver, il portait une pelisse à col de loutre qu'il avait convoitée pendant quarante ans.

Le temps était sec, le midi clair et gai. Les talons résonnaient sur les pavés de la rue calme et Adelin fonçait droit devant lui quand il faillit renverser un petit homme qui l'attendait. Il fronça les sourcils en reconnaissant M. Rorive, fut plus gêné encore de voir qu'un chapeau melon, des guêtres mastic et une canne le rendaient grotesque.

— Vous viendriez bien prendre quelque chose avec moi, dit l'ancien marchand de fromages devenu rentier. Mais si ! Il faut absolument que je vous parle…

Adelin se retourna pour voir si les élèves sortaient déjà.

— Je ne vais jamais au café, déclara-t-il. Si vous désirez me parler, suivez-moi donc jusqu'à la maison.

— C'est que, justement, j'aimerais autant que nous causions ailleurs… Ce que j'ai à vous dire est tout à fait confidentiel.

— Marchons, alors, voulez-vous ?

— À condition que vous ne marchiez pas trop vite. Vous avez les jambes plus longues que les miennes…

Il était déjà essoufflé. En outre, plein de son sujet, il avait une telle hâte de tout raconter qu'il ne savait par où commencer.

— Voilà !… D'abord, il faut que vous sachiez que notre jeune homme a une chambre en ville, rue de l'Éperon pour préciser, au 7, au-dessus d'une épicerie…

— Quel jeune homme ? demanda Adelin qui entendait des pas d'élèves derrière lui et qui n'aimait pas être vu en compagnie d'un personnage aussi peu reluisant que M. Rorive.

— Comment, quel jeune homme ? fit celui-ci, méfiant. Vous avez déjà oublié que vous m'avez présenté un fiancé qui doit vous permettre de rembourser ce que…

— Je vous demande pardon. Je pensais à autre chose. Vous disiez ?…

Ils suivaient le quai de l'Orne et foulaient les feuilles mortes tandis que les élèves passaient en retirant leur casquette.

— Je disais que Gérard Boildieu a une chambre meublée rue de l'Éperon…

— Vous avez fait une enquête sur son compte ?

— Mieux que cela ! Comme je n'ai rien à faire, je l'ai suivi pendant tous ces jours derniers et je pourrais vous donner son emploi du temps à peu près complet… Vous l'avez revu, vous ?…

— Heu !… Attendez… Non ! Je ne crois pas…

— Vous savez si vos filles l'ont revu ?

— Je l'ignore, monsieur Rorive… Et, pour être franc, je préférerais que ce sujet de conversation soit…

— Pardon ! Pardon ! monsieur Adelin ! Ce n'est pas moi qui ai invité ce Gérard Boildieu, n'est-ce pas ? Vous admettez que c'est vous qui me l'avez présenté, m'annonçant que c'était le fiancé de l'une de vos filles et que, grâce à lui, vous alliez être en mesure de me rembourser l'argent que j'ai eu la folie de vous prêter... Il est donc légitime que je m'intéresse à ce garçon... Et j'ai, moi aussi, le droit d'en parler !... Vous ne voulez pas que nous nous asseyions sur ce banc ?

— Je n'ai pas envie de m'asseoir...

— J'en ai envie, mais cela ne fait rien... Donc, j'ai pensé que si un jeune homme qui habite avec sa mère une des plus belles maisons de la ville avait une chambre meublée dans un quartier pas très joli, c'est qu'il avait de bonnes raisons pour cela... Je me suis demandé s'il n'y avait pas déjà une femme dans sa vie et...

— Vous l'avez espionné ? prononça Adelin, sidéré par le cynisme du petit homme.

— Mon Dieu, oui... Maintenant, je voudrais vous poser une question précise... Vous avez tellement de filles qu'on ne s'y retrouve pas facilement... Lorsque vous m'avez parlé de fiançailles, il s'agissait bien d'Huguette, n'est-ce pas ? c'est-à-dire de la demoiselle du téléphone ?...

— Oui... Pourquoi me demandez-vous cela ?

M. Rorive prit un air malin, fit sauter une feuille morte avec sa canne.

– Parce que je voulais savoir s'il n'y avait pas erreur…, dit-il. Vous auriez pu vous être trompé de demoiselle…

– Vous prétendez que je pourrais avoir confondu mes filles ? Je vous prie de préciser votre pensée, monsieur Rorive…

– Si vous voulez… Voilà !… C'est le dimanche que j'ai rencontré chez vous ce Gérard Boildieu… Le jeudi, j'ai vu une de vos filles pénétrer chez lui, au 7 rue de l'Éperon, à six heures du soir exactement…

– Monsieur, je ne permettrai pas…

– Laissez-moi finir ! Il ne s'agit pas de votre fille Huguette, qui est au téléphone, mais de celle qui travaille comme aide-pharmacienne rue Saint-Jean…

– Rolande ?

– C'est possible… Elle est restée un peu plus d'un quart d'heure chez le jeune homme, après quoi ils sont sortis ensemble et se sont promenés comme nous le faisons maintenant. J'ajoute pour être sincère qu'ils ne se tenaient pas par le bras et que je ne les ai pas vus s'embrasser…

– Je suppose, intervint Adelin avec amertume, que vous avez continué à espionner ma maison ?

– Sans le vouloir, monsieur Adelin !… Ceci

donc, c'est-à-dire la visite de celle que vous appelez Rolande, c'était le jeudi… Or, le samedi, à quatre heures de l'après-midi, une autre de vos filles est venue rue de l'Éperon, l'aînée si je ne me trompe, celle qui nous a servi le thé dimanche…

— Roberte ?… Vous prétendez…

— Que Roberte, puisque Roberte il y a, est montée dans la chambre de Gérard Boildieu, où elle est restée une demi-heure environ et dont elle est repartie seule…

— Je vous remercie. Je suppose que c'est tout ? Il me reste à vous féliciter, monsieur Rorive, du métier que vous faites et des résultats de vos efforts… Bonjour, monsieur !…

Il s'éloignait, très digne, à grands pas, mais l'autre le suivait, expliquait, courant pour ne pas se laisser distancer :

— Vous avez tort de le prendre ainsi, monsieur Adelin… C'est dans votre intérêt comme dans le mien…

— Bonjour, monsieur…

— C'est facile de se fâcher… N'empêche que vous me devez de l'argent et que vous m'avez dit vous-même que ces fiançailles…

— Je vous prie de me laisser…

— Avouez que ce n'est pas ma faute si vos filles courent toutes après le même jeune homme et si…

— Monsieur, je…

Il ne savait pas ce qu'il allait faire ni ce qu'il allait dire, et d'ailleurs il ne fit ni ne dit rien, car trois élèves l'observaient. Il se contenta de changer de trottoir, tandis que M. Rorive continuait à parler tout seul et à se justifier.

C'était toujours la même fatalité : quand il rentrait tranquillement chez lui, sans soucis particuliers, la maison était à peu près calme et il pouvait manger en paix ; mais qu'un drame intérieur le bouleversât, comme c'était le cas, et il était sûr de tomber en pleine effervescence.

Il n'avait pas ouvert la porte qu'il entendait la voix perçante de Coco et, au moment précis où il retirait sa pelisse, il percevait dans le salon le bruit mat d'une gifle, puis un tumulte confus.

— Qu'est-ce que c'est ? Qu'est-ce que c'est ? lança-t-il d'une voix sévère, avec son regard de professeur de sixième.

— C'est Rolande qui m'a giflée… cria Coco, les cheveux en bataille, l'œil étincelant. Je ne permets pas qu'on me gifle, surtout une fille comme elle…

— Papa, commença Rolande, si cela continue et si je n'ai aucune autorité sur cette gamine, je préfère quitter la maison…

Pendant ce temps-là, Roberte, indifférente,

dressait le couvert tandis que Mme Adelin, toujours lunaire et comme flottante, pareille à un personnage de rêve plutôt qu'à un être de chair et d'os, murmurait d'une petite voix lassée :

– Elles vont me faire mal à la tête !

– Écoute, pappi…, disait Coco.

– Pappi…, interrompait Rolande d'une voix plus forte.

Mimi attendait son tour d'intervenir et voilà qu'Huguette rentrait aussi, tombant en pleine bagarre.

– Silence ! hurla le père en frappant la table avec le premier objet venu. Est-ce moi qui commande, oui ou non ?

Et il dit cela de telle sorte que Coco ne put s'empêcher de pouffer de rire.

– À toi de parler, Rolande. Que se passe-t-il ?

– Il se passe que cette idiote…

– Idiote toi-même !

– Il se passe que cette idiote a enlevé les stores de sa chambre et les miens…

– Ce sont les stores de la maison et pas les tiens ! corrigea Coco.

– Pardon. Elle a enlevé les stores. Pour quoi faire ?

– Pour faire une tente, avoua Coco tout à trac.

– Une quoi ?

— Une tente ! Vous ne paraissez pas vous douter que c'est malsain de dormir dans une chambre sans air ! Regardez vos visages à tous ! Regardez le teint de maman, qui reste toujours enfermée…

— Tu sais ce qu'elle veut faire, pappi ! interrompit Rolande. Elle prétend désormais dormir dans le jardin ! Regarde par la fenêtre ! Tu verras son installation…

— Si on ne me permet pas de dresser la tente dans le jardin, j'irai dans un terrain vague, décida Coco.

— À table, je vous en supplie !… souffla Roberte. Le ragoût est déjà froid !…

Elles étaient deux ou trois qui parlaient à la fois en se lançant des regards féroces.

— En tout cas, poursuivait Coco, qui avait l'air de parler toute seule, il faudra bien qu'elle me fasse des excuses… Parfaitement !… Elle me fera des excuses pour la gifle, sinon *je le dirai*…

— Tais-toi, commanda Rolande, assise à l'autre bout de la table.

— Je n'ai encore rien dit… Mais, si tu ne me fais pas des excuses, je dirai…

— Qu'est-ce que tu diras ? questionna Adelin, las et le front soucieux.

— Rien !… Ce n'est pas pour toi…

Il était tellement abruti par ce vacarme qu'il n'avait pas encore établi de relations entre la menace de Coco et les révélations de M. Rorive. Cela le frappa soudain et il regarda ses deux filles l'une après l'autre. Il lui sembla que Rolande rougissait, que Coco baissait le nez vers son assiette.

– J'aurais aimé avoir des filles franches ! soupira-t-il. J'ai toujours considéré la franchise comme la première des qualités, surtout pour une jeune fille…

Toutes, autour de la table, se lançaient des coups d'œil plus ou moins amusés car, quand il commençait, Adelin n'en finissait plus de pleurnicher.

– Non seulement j'ai sept filles, moi qui aurais voulu des garçons, mais elles se méfient de moi, elles sont mal élevées, manquent de franchise, font des allusions à des choses que je ne peux connaître…

Coco pouffa encore une fois derrière sa serviette et rejeta sans le vouloir une gorgée de vin.

– … Quand vous êtes nées, poursuivit pappi imperturbable, je me suis promis d'être, non seulement le père de mes filles, mais leur ami… Hélas ! je ne prévoyais pas que…

Ce fut sa femme qui, sortant des nuages, reprit soudain contact avec la réalité et murmura d'une voix d'ange :

– De quoi parles-tu, Guillaume ? Qu'est-ce que Coco a encore fait ?

Car, si quelqu'un avait fait quelque chose, c'était évidemment Coco !

— Je coucherai sous la tente, grommela celle-ci, comme une menace à l'univers. N'est-ce pas, pappi, que j'ai le droit de coucher sous la tente ?

Il n'avait pas encore envisagé cette question et il ne répondit ni oui ni non.

— Nous verrons cela...

— Si tu la laisses faire, assura Rolande, c'est alors que nous passerons pour une maison de fous... Déjà comme ça !...

Et voilà qu'à cause de trois petits mots l'atmosphère changeait en quelques instants. Cinq minutes plus tôt, tout le monde criait et se chamaillait. Maintenant, on se calmait et les regards devenaient tristes : chacun mangeait en silence.

Rolande ne l'avait pas fait exprès. Elle avait dit :

— ... C'est alors que nous passerons pour une maison de fous...

Elle avait ajouté :

— Déjà comme ça !...

Or Mme Adelin questionnait :

— Qu'est-ce que j'ai encore fait ?

— Rien, mammi... Mange...

— Qui est-ce qui a fait quelque chose ?

— Personne, mammi... Mange, puisqu'on te le dit...

Ils mangeaient tous sans quitter des yeux leur

assiette, et Rolande se repentait de son allusion. D'ailleurs, Mme Adelin n'était pas folle à proprement parler, n'avait jamais été folle. On n'aurait même pas pu dire comment c'était venu, ni quand exactement, à peu près vers son cinquième enfant.

Elle avait commencé par se désintéresser du ménage et par se raconter des histoires à elle-même, des histoires gaies et optimistes, qui la faisaient sourire du matin au soir.

– Ne faites pas attention, disait-elle quand on la surprenait à rire toute seule. Je pensais à quelque chose…

Et quand, à la fin du mois, Roberte, soucieuse, se livrait à des calculs compliqués pour équilibrer le budget, elle riait encore, elle affirmait :

– Tu es maniaque, Roberte ! À t'entendre, tu n'as jamais assez d'argent ! Comme si l'argent avait de la valeur…

Son expression de physionomie était celle d'une personne qui sait tout et qui ne peut rien dire.

– Si tu continues à compter ainsi, tu auras vite des rides…

Le malheur, c'est qu'elle ne comptait pas, elle, et que, si elle parvenait à s'échapper et à courir les magasins, elle revenait les bras chargés d'emplettes invraisemblables.

– Vous enverrez la facture à la maison, n'est-ce pas ? Adelin… Oui, Adelin…

Il y avait des objets qu'on avait pu rendre, d'autres qu'il avait fallu garder malgré leur prix et leur inutilité. Roberte, toute la journée, épiait sa mère et essayait d'éviter qu'elle sortît seule. Malheureusement, Mme Adelin retrouvait des ruses de petite fille…

– Il n'y a pas de dessert ? s'étonna-t-elle. Je ne proteste pas, mais je tiens à faire remarquer que, dans cette maison, il n'y a pas souvent de dessert…

Il fallait parler d'autre chose et ce fut Guillaume Adelin qui se tourna vers Coco.

– Explique-moi maintenant cette histoire de tente… Non, Rolande ! Laisse parler ta sœur…

Roberte se levait pour aller chercher le café à la cuisine tandis qu'Huguette desservait et que Rolande, qui ne s'occupait jamais du ménage, écoutait Coco en attendant avec impatience le moment d'intervenir.

Maintenant, c'était le soir et chaque alvéole de la maison avait sa vie propre, sa lumière, sa chaleur. Dans le salon, Rolande, au piano, étudiait un *Nocturne* de Chopin, tandis que Roberte, à la cuisine, nettoyait des haricots mange-tout.

Coco et Mimi étaient quelque part, on ne savait où, et c'était assez inquiétant de ne pas les entendre, car d'habitude elles faisaient plus de bruit que le reste de la maisonnée.

Mme Adelin brodait, près du piano, avec un petit mouvement de la tête chaque fois que résonnait une fausse note.

Quant à Huguette, elle écrivait, dans sa chambre, non loin du bureau où Guillaume Adelin essayait en vain de corriger des devoirs où il était question du Pont-Euxin.

Dans les grandes circonstances de la vie, il avait l'habitude de se demander :

– Qu'est-ce qu'un homme comme Guillaume le Conquérant aurait fait à ma place ?

Mais, en l'occurrence, cela ne servait en rien, car Guillaume le Conquérant n'avait évidemment pas eu affaire à un être aussi diabolique que M. Rorive.

Un homme sans instruction, sans éducation, sans aucune finesse. Un homme qui s'ennuyait, tout seul, qui n'avait pas d'amis et qui avait profité du prêt qu'il avait consenti aux Adelin pour s'imposer chez eux, sonner à n'importe quelle heure de la journée, s'asseoir, écouter les conversations, se mêler de tout.

Encore heureux s'il n'allait pas dans la cuisine soulever le couvercle des marmites, et un jour il avait remarqué :

— Vous mangez des camemberts à quatre francs cinquante !

Enfin, ce matin, il s'était révélé comme un véritable démon. Au point que Guillaume Adelin se demandait comment il avait pu l'écouter jusqu'au bout !

— ... Rue de l'Éperon..., murmurait-il malgré lui, penché sur la composition d'un élève... Rolande d'abord... Non ! Ce n'est pas possible... Il faut que j'aie une explication avec elle... Et Roberte donc !... Roberte chez un jeune homme... Roberte qui...

Brusquement, il ouvrit la porte, cria :

— Colette !... Colette... !

Ce qui était le signe de quelque chose d'important, puisqu'il n'avait pas dit Coco. Il attendit longtemps. Roberte, en bas, répétait, à tous les échos :

— Colette !... Colette !...

Et, un bon quart d'heure plus tard, Guillaume Adelin fut fort surpris — il eut même, à vrai dire, un sursaut de peur ! — en entendant frapper à la fenêtre ; jamais il n'avait pu imaginer qu'on pût frapper à la fenêtre de son bureau, qui était au premier étage.

— Ouvre, pappi... C'est moi...

C'était Coco, bien entendu, qui avait emprunté une échelle à un voisin pour installer sa tente et qui sautait dans la pièce.

— Tu m'as appelée ?

— Assieds-toi, Colette.

Il ferma la fenêtre, la porte, s'assit devant sa fille, se raidit autant qu'il put et prononça enfin, avec une solennité rarement égalée :

— *Je t'écoute !*

— Qu'est-ce que tu écoutes ?

— Je dis que *je t'écoute* et j'espère que tu me comprends.

N'avait-elle pas menacé Rolande de tout révéler ? Donc elle savait ! Donc, son devoir, en d'aussi graves circonstances, était de parler !

— Tu me fais une drôle de tête, pappi...

— Ne m'appelle pas pappi, je t'en prie... Tu devrais d'ailleurs te déshabituer de prononcer ce mot...

— On m'appelle bien Coco !

— Ce n'est pas la même chose. Et d'ailleurs je n'ai jamais été partisan de ces diminutifs ridicules... Coco... je veux dire Colette... tu es maintenant une grande jeune fille capable de se rendre compte de ce qui se passe dans la maison... J'ai toujours essayé d'être pour toi un ami... Prouve-moi aujourd'hui que je n'ai pas eu tort...

— Qu'est-ce qu'il faut que je fasse ?

— Je ne te dicterai pas ta conduite... À toi de savoir ce que t'ordonne ta conscience...

— Ça t'ennuie que je dorme sous la tente ?

— Il n'est pas question de tente, ni de dormir... Notre maison était heureuse... Je crois comprendre qu'une menace pèse sur elle...

— L'huissier, parbleu ! dit-elle.

— Quel huissier ?

— Celui que M. Rorive nous enverra un jour ou l'autre.

— Coco... Colette... Réfléchis... Demande-toi si tu n'as rien à m'avouer...

— Je t'assure, pappi... papa...

Alors il se leva en soupirant et marcha vers la porte.

— C'est tout ! prononça-t-il comme un homme qui vient de subir une cruelle déception.

— Qu'est-ce qui t'arrive, pappi ?

— Moi ? rien... Laisse-moi...

— On dirait que je t'ai fait de la peine.

— Tu as manqué de confiance envers ton père.

— Moi ? Pourquoi ?

— À midi, tu as menacé Rolande de parler. Maintenant que je te questionne, tu te dérobes, au risque de...

— C'est pour ça ? s'écria-t-elle. Mais mon pauvre pappi, je ne savais même pas que ça t'intéressait...

— Alors, parle...

— Tu y tiens, vraiment ? Écoute, pappi, c'est ennuyeux, parce que Rolande sera furieuse...

— Tu vois ?

— Tant pis ! Je vais te le dire. Mais promets-moi qu'elle ne saura pas que c'est moi... Promets que tu ne l'empêcheras pas, si elle veut recommencer.

— Je verrai..., dit-il en faisant de vains efforts pour garder sa dignité.

— Non ! Il faut promettre...

— Mettons que je promets...

— Eh bien, voilà ! Dimanche dernier, Rolande s'est rendue au Havre pour son baptême de l'air...

— Son quoi ?

— Pour aller en avion, quoi !... Ça ne coûte que cinquante francs... Quand j'aurai économisé cinquante francs...

— Merci ! Dis à ta sœur de monter...

— À Rolande ? Tu vas lui en parler ?

— Non ! Rassure-toi...

— Alors, pourquoi veux-tu qu'elle monte ?

— Ne t'inquiète pas ! Va !... Non ! Fais-moi le plaisir de descendre par l'escalier comme tout le monde...

Un baptême de l'air ! Combien de secrets de ce genre apprendrait-il en confessant ses filles l'une après l'autre ? Combien de choses se passaient dans sa maison qu'il ne saurait jamais ?

— Entre !... dit-il sévèrement à Rolande. Assieds-toi !... Si ! Je tiens à ce que tu sois assise...

— Elle l'a dit ? Bon ! Elle me le paiera...

D'ailleurs, je pourrais dire quelque chose sur elle, moi aussi...

— De quoi parles-tu, Rolande ?

— De ce poison de Coco... Ah ! Mademoiselle s'amuse à rapporter... Cela lui coûtera plus cher qu'à moi... Tu te souviens du soir où elle est rentrée à onze heures en racontant qu'elle était allée étudier chez une amie ?... Eh bien ! tu vas savoir où elle était... Elle était à un match de boxe...

Rolande ajouta avec mépris :

— Voilà *ta* fille !

... Comme si les autres n'eussent pas été les filles de leur père !

— Rolande !

— Quoi, pappi ?

— Tu n'as rien d'autre à me confier ?

— Sur Coco ?

— Non, sur toi, par exemple...

— Qu'est-ce que j'ai encore fait, moi ?

— Rolande, je suis très triste ! Je voudrais que mes enfants comprennent que je ne vise que leur bien. Je voudrais que mes filles ne se cachent pas de moi...

Cette fois, il eut la conviction qu'il avait touché juste, car des roseurs montaient aux joues de Rolande.

— Regarde-moi en face... Bien en face ! Tu connais notre situation... Tu sais que nous sommes à la merci de M. Rorive... Tu sais aussi que ta sœur Huguette est sur le point de faire un beau mariage...

– Je sais...

– Tu n'as rien d'autre à me dire à ce sujet ?

Il souffrait intensément, il était humilié de devoir ruser de la sorte et de tous les soupçons qui lui passaient par la tête.

Rolande, qui avait vingt-trois ans, et qui avait eu son bachot à dix-sept ans, était la plus orgueilleuse de ses filles. Elle proclamait volontiers :

– Les hommes de Caen ne m'intéressent pas !... Je ne me marierai que si je trouve un compagnon qui en vaille la peine, et comme je ne trouverai sûrement pas...

Son père tournait autour d'elle, gêné, le feu aux joues, lui aussi, et une bonne odeur de soupe aux poireaux leur parvenait par la cage d'escalier.

– Dis-moi tout, ma petite Rolande...

Elle hésitait, se demandait ce qu'il savait.

– À propos de quoi ?

– De... De Gérard Boildieu...

– Qu'est-ce que tu veux que je te dise ?

Elle se leva brusquement, se frappa le front.

– Je comprends maintenant ! s'écriait-elle en s'efforçant de rire. C'est parce que je suis allée chez lui ? C'est ça ?...

Il baissa la tête et il n'était pas très sûr d'avoir envie d'entendre la suite.

— Mais, mon pauvre pappi, je me demande ce que tu es en train de penser… D'abord, Gérard est un copain, ce qui suffirait déjà à expliquer que j'aille lui dire bonjour…

— Dans sa chambre ? murmura-t-il en détournant la tête.

— Pourquoi pas ? Quel mal y a-t-il à ça ? Il arrive souvent qu'un étudiant et une étudiante se réunissent dans la même pièce pour travailler…

Et lui, piteusement :

— C'était pour travailler ?

On aurait presque dit un mari jaloux tant il y avait en lui d'amertume soupçonneuse.

— Non !… Puisque tu tiens à savoir la vérité, je vais te l'expliquer… Je suis l'aînée d'Huguette… À vingt-deux ans, elle n'est guère plus intelligente que Coco, et, comme il n'y a que moi pour m'occuper d'elle…

— Et moi ?

— Toi, pappi, tu sais bien que tu ne comptes pas ! Tu es très intelligent, tu es même un historien de valeur, mais tu ne comprends rien à la vie. La preuve c'est que, quand tu t'occupes de quelque chose, tu fais toujours des bêtises…

— Rolande, je te prie…

— Oui, pappi… Tu vas encore me parler de respect… C'est entendu ! Je te respecte ! N'empêche que j'ai voulu savoir ce qu'il en était avec ce Gérard et que je suis allée le lui demander…

— Lui demander quoi ?

— Ses intentions ! dit-elle le plus naturellement du monde.

— Tu es allée chez lui pour lui poser cette question ?

— Et après ?

— Il t'a répondu ?

— Il n'aurait plus manqué que ça qu'il refuse de répondre !

— Alors ?

— Alors, rien !

Il devint plus nerveux. Car, maintenant, c'était M. Rorive, c'était la maison, c'était tout qui était en jeu !

— Comment rien ? Tu ne veux pas me répéter ce qu'il t'a répondu ?

— C'est impossible, puisque nous avons eu un entretien *confidentiel*…

— *Confidentiel* même pour moi, ton père ?

— Surtout pour toi, pappi.

— Il va l'épouser ?

— Laisse-lui le temps de se retourner…

— C'est-à-dire qu'il ne l'épousera pas ?

— Mais non, pappi ! Tu vas trop vite…

— Enfin, se considère-t-il, oui ou non, comme son fiancé ?

— Il est fiancé sans l'être… Écoute, pappi…

— Je ne veux plus qu'on m'appelle pappi !

— Écoute, papa… Gérard est un charmant

garçon un peu mou, qui se laisse facilement influencer… Il n'a peur que d'une seule personne au monde : sa mère… Ou plutôt il craint de lui faire de la peine…

– C'est assez naturel !

– Si tu veux… Gérard s'amuse bien chez nous… Il ne m'a pas caché qu'il avait beaucoup d'estime pour toi…

– Dans ce cas…

– Ce n'est pas un homme à bousculer… Je suis persuadée qu'un jour ou l'autre cela finira par un mariage, mais il ne faudrait plus que ton M. Rorive vînt lui dire des choses comme il en a dit l'autre fois…

– Est-ce ma faute ?

– Ce n'est pas celle de Gérard non plus… Dorénavant, j'irai au cinéma le mercredi avec mes sœurs… Je crois que ce sera plus correct… Je crois aussi qu'un de ces dimanches il nous invitera à passer l'après-midi au manoir de Boildieu…

Guillaume Adelin s'était rassis devant les cahiers d'élèves et tripotait la plume à encre rouge qui lui servait à corriger les fautes.

– Je te demande pardon…, murmura-t-il.

Puis une idée lui traversa l'esprit et il s'écria :

– Mais ta sœur ?

– Quoi, ma sœur ?

– Roberte… Qu'est-elle allée faire chez lui,

elle ? Je pense que c'était quand même assez d'une…

– Tu es sûr que Roberte est allée chez lui ?

C'était au tour de Rolande de se montrer méfiante.

– Roberte !… Roberte !… Ça, par exemple !…

Et soudain elle ouvrit la porte, dégringola l'escalier, entra dans la cuisine où elle s'enferma avec son aînée.

III

Jamais peut-être la maison n'avait été aussi calme. Il est vrai que c'était l'heure où, comme repliée sur elle-même, elle vivait en veilleuse. Du dehors, on voyait deux lumières, une au premier étage, l'autre au rez-de-chaussée. Du jardin, on pouvait apercevoir une troisième fenêtre éclairée, celle de la cuisine. C'était tout.

Comme il faisait très froid dehors, les pièces donnaient une impression d'intimité d'autant plus réconfortante et le ronron du poêle était un gage de sécurité.

Le drame, pourtant, venait d'entrer dans la maison. Cela s'était passé très simplement, comme une visite ordinaire.

Guillaume Adelin était rentré peu après quatre heures, selon son habitude, et s'était enfermé dans son bureau.

Mammi, ce jour-là, se tenait dans la cuisine où elle aidait Roberte au repassage et, de temps en temps, on entendait le heurt assourdi du fer sur le molleton.

Mimi et Coco étaient rentrées, elles aussi, venant de l'école spéciale où elles étudiaient les langues et le commerce. Elles avaient foncé d'abord vers la cuisine, ouvert la porte du buffet et le garde-manger, et maintenant elles étaient bien sagement assises sous la lampe du salon, des livres et du papier blanc étalés devant elles.

Quand elle raconta la chose par la suite, Coco vit tout le monde incrédule, et pourtant c'était vrai : à certain moment, sans raison, alors qu'elle était plongée dans les verbes allemands, elle redressa la tête, ouvrit la bouche pour dire à sa sœur :

« À propos ! Il y a longtemps qu'on n'a pas vu M. Rorive… »

Or, elle ne le dit pas car la sonnette tintait dans le corridor et Mimi, qui aimait les visites pour ce qu'elles apportent d'imprévu, bondissait vers la porte.

Le visiteur était M. Rorive ! Il traversa le salon, son chapeau melon et son parapluie à la main. Mimi avait prononcé :

— Vous pouvez monter dans son bureau…

Qu'avait-il de particulier ce jour-là ? Coco n'aurait pu le dire, mais elle sentit une menace dans l'air et, M. Rorive une fois enfermé avec son père, elle ne songea pas à se remettre au travail.

– Dis, Mimi…

– Quoi ?

– Je crois qu'il va y avoir du vilain…

Roberte vint du fond de la cuisine, questionna :

– Qui est-ce ?

– M. Rorive. Il est avec pappi…

Et Roberte eut, elle aussi, un regard inquiet vers le haut de l'escalier. Trois minutes ne s'étaient pas écoulées qu'on entendait la voix de Guillaume Adelin, ce qui était signe de colère, car d'habitude on ne l'entendait pas du salon. On ne comprenait pas tous les mots, mais on saisissait des syllabes au passage et les jeunes filles restaient immobiles, retenant leur souffle.

– … supporterai plus… ma famille n'est pas une…

Puis une voix plus aiguë, comme celle d'un diacre, celle de M. Rorive qui expliquait quelque chose de long, et enfin à nouveau la voix claironnante de pappi qui hurlait :

– Non, monsieur !

C'était assez pour qu'en bas on sentît la tempête. Surtout que, depuis quelques jours, on voyait Adelin nerveux, soucieux, posant des questions imprévues à chacune et jetant soudain sur les gens des regards soupçonneux.

Était-ce à cause de l'histoire de Roberte ? Toutes les filles, maintenant, étaient au courant et étaient d'accord pour la cacher à leur père, non pas que ce fût grave, mais parce que c'était justement le genre d'histoires qui le mettait hors de ses gonds.

D'abord, Roberte ressemblait un peu à mammi et, quelquefois, on lui voyait le même regard un peu flou. Ensuite, il faut bien dire que c'était sur elle que pesaient tous les petits ennuis de la maison, les factures, les notes de fournisseurs, du gaz, de l'eau, de l'électricité ; c'était elle qui, chaque matin, en revenant de son marché, se livrait à des calculs compliqués, alors que les autres n'avaient qu'à se mettre à table.

Enfin, c'était Roberte qui, le plus souvent, s'arrangeait pour cacher aux autres les imprudences de leur mère. C'était elle qui allait rendre dans les magasins les achats trop inconsidérés ou qui, si c'était nécessaire, sollicitait les délais de paiement.

Bref, Roberte était dans une de ses plus mauvaises fins de mois et, un beau matin, on était venu pour couper le courant électrique. Elle n'avait même pas obtenu une journée de répit et c'est alors que, ne sachant à quel saint se vouer, elle avait couru chez Gérard, en se disant qu'un jeune homme si riche pourrait bien lui prêter trois cents francs.

C'est tout ! Huguette s'était fâchée, en prétendant que cela compromettait son mariage. Rolande avait déclaré que Roberte manquait de dignité et tout le monde avait été d'accord, en définitive, pour ne rien dire à pappi.

On n'avait pas revu M. Rorive. On était allé au cinéma avec Gérard et Rolande. Qu'y avait-il eu encore d'important pendant la semaine ? Rien !

Et voilà que là-haut la voix de pappi s'enflait, atteignait une ampleur qu'on ne lui avait jamais connue. Ses pas retentissaient, la porte s'ouvrait avec fracas et on put croire qu'une lutte s'amorçait.

— ... Cela m'est égal, monsieur, vous entendez ?... J'en ai assez ! Oui, assez, vous comprenez, de voir sans cesse dans ma famille un vilain petit monsieur comme vous... Sortez, monsieur ! Mes filles n'ont de comptes à rendre à personne, sachez-le, et elles n'attendent pas de leçons d'un marchand de fromages...

M. Rorive descendit l'escalier à reculons tandis que Guillaume Adelin le suivait comme un orage menaçant.

— ... Vous enverrez l'huissier quand vous voudrez... J'aime mieux coucher à la belle étoile avec toute ma famille, que revoir sans cesse un personnage comme vous... Sortez... Attendez ! votre parapluie.

Les yeux de Coco étincelaient de joie et de fierté. La porte s'était à peine refermée qu'elle sautait au cou de son père d'un mouvement, spontané, comme quand elle était petite, et qu'elle lui criait :

– Bravo, pappi !… Si tu savais comme je suis contente…

Ma foi, le premier mouvement d'Adelin était aussi un mouvement de soulagement. Il avait un petit sourire assez fier en épiant ses filles du coin de l'œil, et il laissa tomber :

– Je crois que je l'aurais mis en miettes !

– Qu'est-ce qu'il venait faire ?

Ce petit bout de phrase suffit à le rembrunir, car il se souvint de ce que lui avait dit M. Romurive et, cette fois, il détourna le regard, murmura de la voix qu'il prenait quand il mentait :

– Il est venu me parler de son argent, naturellement… Il ne veut plus accorder de délais…

– Chic ! lança Coco. On va déménager.

À ces mots, Roberte fondit en larmes et se cacha le visage dans le coin de son tablier. Elle savait, elle qui était l'aînée, ce que c'est de déménager, d'habiter en appartement, d'avoir des ennuis avec le propriétaire ou avec d'autres locataires et de déménager à nouveau en traînant ses pauvres meubles ! Elle savait surtout que cette maison qu'ils habitaient, c'était le résultat de quinze ans d'efforts, d'économies, de rêves.

— Quand nous aurons la maison…

Et chaque soir, sous la lampe, cette maison, jadis, prenait vie davantage ; on lui ajoutait un détail, une fenêtre, une pièce, un balcon, un perfectionnement nouveau…

Depuis quatre ans qu'on l'avait enfin, elle restait le centre des préoccupations familiales.

— Quand la maison sera payée…

Mais oui, quand elle serait payée, on pourrait s'acheter beaucoup plus de vêtements, peut-être faire un voyage dont tout le monde rêvait, dans le Midi ?

Quand la maison serait entièrement payée…

Et voilà que…

— Pappi ! cria Coco soudain alarmée. Qu'est-ce que tu as ?

— Moi ?… Rien !… Je vais travailler…

Mais elle était sûre d'avoir vu trembler du liquide dans les yeux de son père.

— Ton père a bien fait de le jeter dehors, se contenta de dire mammi sans cesser de repasser une chemise d'homme. D'ailleurs, je ne suis pas fâchée de ce qui arrive, car je n'ai jamais aimé le quartier…

Hélas ! pappi, dans son bureau dont il avait refermé la porte, ne caressait pas des pensées aussi optimistes. Ce qu'il y avait dans son cœur, c'était autant de l'indignation à l'égard du vilain petit bonhomme qu'une crainte vague, qu'une appréhension qui lui faisait regarder sans cesse le réveille-matin posé devant lui.

Normalement, la première fille à rentrer maintenant c'était Élisabeth, qui avait dix-huit ans et qui était vendeuse aux grands magasins « Prix-Bas ». On l'entendait à peine, car elle avait sa clef et, en dehors des repas, elle passait tout son temps dans sa chambre, sur son lit, à lire des romans et à fumer des cigarettes, si bien qu'elle ne comptait pour ainsi dire pas dans la vie de la famille.

Après, ce serait Huguette, qui se déshabillait pour donner un coup de main à Roberte et qui, s'il lui restait du temps, tricotait des pull-overs.

Enfin, à sept heures, Rolande… C'était Rolande que pappi attendait tandis que l'aiguille, sur le cadran d'émail, avançait avec une lenteur désespérante… C'était à cause d'elle que Rorive était venu… Au début, il avait bien entortillé sa pensée dans des phrases compliquées…

— … Je crois, n'est-ce pas ? qu'après ce que j'ai fait pour vous… remarquez que je n'en aurais pas fait davantage pour mon propre frère… je crois que j'ai un peu le droit de me considérer comme de la famille. C'est à ce titre que je me suis réjoui quand vous m'avez annoncé les fiançailles de votre fille…

Il y mit du temps, le bougre, mais il y vint !

— … C'est à ce titre enfin que je viens vous

demander aujourd'hui : Êtes-vous sûr que vous ne vous êtes pas trompé de jeune fille ?

Guillaume Adelin avait sursauté. Il y avait quelques instants que le nez lui démangeait, ce qui était mauvais signe.

— Ne croyez-vous pas que c'est plutôt Rolande qui est la fiancée ?...

« Voilà deux fois déjà que je les rencontre ensemble et, pas plus tard qu'aujourd'hui, après le déjeuner, ils étaient tous deux en auto... »

Guillaume Adelin ne pouvait penser qu'à cela et soudain il alla ouvrir la porte.

— Coco !... Mimi !... Rolande n'est pas rentrée ?

— Mais non, pappi... Il n'est pas sept heures...

— Qu'une de vous deux aille à la pharmacie et lui dise... Ou plutôt non !... J'y vais moi-même...

Il mit son chapeau, sa pelisse et sortit, si préoccupé qu'il parlait en marchant. Rue Saint-Jean, arrivé dans la lumière des magasins, il ralentit le pas, honteux de ce qu'il faisait, et il faillit rentrer chez lui sans franchir les cinquante mètres qui le séparaient de la pharmacie. De loin, il apercevait les deux bocaux, le vert et le jaune, et la façade noire, la porte étroite... Quand il fut plus près, il chercha en vain Rolande dans le magasin où il n'y avait qu'une vieille cliente et le pharmacien à barbiche. Mais ne pouvait-elle être occupée au laboratoire qui était derrière ?

Il attendit. D'autres hommes attendaient des vendeuses d'un magasin voisin. Pour tout dire, il attendit jusqu'à sept heures, jusqu'à ce qu'on vînt fermer les volets, et, alors seulement, il se remit en marche…

— Qu'as-tu, pappi ?

— Rien… Mangeons…

Une chaise restait vide, celle de Rolande, et Guillaume Adelin ne put avaler sa soupe.

— Où es-tu allé ?… Tu as vu Rolande ?

— Oui… Je…

Il préférait s'enfermer chez lui et attendre, sans cesser d'évoquer le vilain M. Rorive qu'il finissait par rendre responsable de ce qui arrivait.

— Qu'est-ce qui peut bien se passer ? demandait Coco, qui, elle, mangeait avec appétit. Il s'agit sûrement de Rolande. Cette semaine, elle a acheté deux fois du rouge à lèvres sans en être contente, et mercredi elle a changé sa coiffure…

Huguette était peut-être la seule à deviner quelque chose car, la dernière fois qu'ils étaient allés au cinéma, Gérard n'avait pas été tout à fait le même que d'habitude. Elle était assise à sa droite, dans la loge étroite, et Rolande à la gauche du jeune homme. Il avait semblé à

Huguette que Gérard se penchait davantage à gauche qu'à droite, et, à certain moment, elle le soupçonna de faire exprès de frôler la main de sa sœur.

— Tu finis mon pull-over ?

— Pas ce soir… Je n'ai pas le courage…

Les minutes coulèrent avec une lenteur incroyable tandis que de temps en temps on tendait l'oreille en se demandant ce que pappi pouvait faire là-haut.

— Tant pis pour lui ! avait déclaré philosophiquement mammi. C'est lui qui a voulu laisser autant de liberté à ses filles. Si seulement j'étais rentrée une heure en retard à la maison, je me demande…

— De son temps, il n'y avait pas d'autobus ni d'avions ! lança Coco.

— Mais il y avait des amoureux tout comme aujourd'hui, riposta la mère qui ne manquait pas toujours d'un certain bon sens.

On finit par tressaillir chaque fois qu'on entendait des pas dans la rue. Puis on parla, à mi-voix, de la maison et de la façon dont M. Rorive allait s'y prendre pour rentrer dans son argent. Huguette expliqua qu'un huissier viendrait d'abord faire des sommations, puis…

La porte s'ouvrit, au premier. Guillaume Adelin resta un bon moment sur le palier, si grave que tout le monde en eut le cœur serré. Il ne s'attarda pas dans le salon, baisa le front de mammi en passant près d'elle, regarda ses filles une à une.

— Où vas-tu ?

— Je reviens tout de suite...

Le quartier était désert. Il ne fit que traverser une rue plus éclairée et, quand il arriva rue de l'Éperon, il leva la tête, vit qu'aucune fenêtre ne brillait aux étages, ce qui lui donna de l'espoir.

L'épicerie était encore ouverte, car c'était une toute petite épicerie de quartier qui sentait la bougie et le pétrole.

— M. Boildieu n'est pas chez lui ? demanda-t-il, si honteux qu'il n'osait pas regarder la commerçante.

— Je ne sais pas s'il est venu aujourd'hui... Allez voir... C'est au premier, la porte à gauche... Attention que l'escalier est obscur.

Il n'osait pas et la bonne femme, pénétrant dans le corridor, cria d'une voix aiguë :

— Monsieur Gérard !... Monsieur Gérard !... Quelqu'un pour vous !

Elle revint aussitôt en déclarant :

— Je le pensais bien ! Il n'est pas là... C'est d'ailleurs rare qu'il y soit à cette heure, car il ne couche jamais ici... Vous ne voulez pas lui laisser une commission ?

En pénétrant dans le salon, il comprit au regard anxieux d'Huguette que celle-ci avait des soupçons. Bien entendu, il vit du premier coup d'œil que Rolande n'était pas rentrée et il prononça :

– Allez vous coucher, mes enfants... Il est l'heure...

– Mais Rolande ?

– Rolande ne tardera pas à rentrer... Je l'attendrai...

Mimi et Colette avaient chacune un lit dans la même chambre ; mais l'hiver elles couchaient ensemble afin de se tenir chaud en attendant qu'au printemps on pût se servir de la tente. Ce soir-là, Coco chuchota dans l'obscurité :

– Tu ne trouves pas qu'il a été chic, papa ?

– Qu'est-ce que Rolande peut bien faire ?

– Ça, ma fille, c'est une autre histoire...

– Tu sais quelque chose, toi, Coco ?

– Peut-être bien que oui...

– Dis-le-moi !

– Jamais de la vie ! Tu es trop petite...

– J'ai le même âge que toi...

– N'empêche que tu es plus petite...

– On a exactement la même taille...

– Mais tu es plus petite !... Ne m'agace pas... Laisse-moi dormir...

– Alors dis-le ?

Mais Coco s'enferma dans son mutisme obstiné, ce qui ne l'empêcha pas de rester une grande heure les yeux ouverts dans l'obscurité et de s'endormir sans avoir entendu son père monter se coucher.

D'habitude, c'était le moment le plus gai de la journée, avec toutes les portes qui battaient, les robinets qui coulaient et l'odeur prometteuse de café qui remplissait la maison, les confitures et le pain frais sur la nappe…

Ce matin-là, c'était lugubre comme une maison sans feu, et pappi, au lieu d'aller réveiller ses filles comme c'était sa manie, ne se montra que quand il fut prêt à partir. Ses paupières étaient un peu rouges et il s'était coupé en se rasant. Il but son café, debout, ne mangea pas, oublia sa serviette qu'il dut venir chercher alors qu'il était déjà au coin de la rue.

– Ben, ma fille !… soupira Coco, comme si ces mots suffisaient à résumer la situation.

Huguette était dans tous ses états et grondait entre ses dents :

– Je me doutais de quelque chose… Quand je pense à quel point j'ai été naïve…

Roberte hochait doucement la tête et Mimi tendait l'oreille à toutes les voix, car elle était la seule à ne pas avoir compris.

Ce qui se passait, en définitive, c'est qu'une des sept filles s'était envolée ! Il y avait fallu du temps, puisque l'aînée avait vingt-sept ans, mais c'était fait et, le plus étrange, c'est que la coupable était celle qui passait pour la plus sérieuse de toutes.

— Tu sais, le bibliothécaire municipal ? dit soudain Coco qui ne perdait pas l'appétit.

— M. Dupetit-Lapierre ?

On ne pouvait pas parler de lui sans sourire, car c'était un personnage rigolo qui venait de temps en temps passer une heure à la maison et qui avait fait la cour à toutes les filles, les unes après les autres.

Une cour pas méchante, d'ailleurs ! Il devait avoir dans les quarante ans et il se contentait de déclarer :

— … Je ne suis peut-être pas un don Juan, mais je crois que je rendrais une femme heureuse… Si un jour cela vous dit quelque chose, vous n'aurez qu'à me faire signe…

Et il attendait ! Personne ne lui avait encore adressé ce signe-là.

Or, Coco racontait :

— Un jour, j'ai entendu Rolande qui lui répondait sérieusement :

— Si, à trente-cinq ans, je ne suis pas mariée, c'est vous que j'épouserai…

Et maintenant ! Où était-elle à cette heure ? M. Adelin, dans la cour du lycée, prenait place en tête de la file des élèves de sixième. Huguette allait, elle aussi, à son travail, en se promettant de téléphoner à Gérard.

Il le lui avait défendu, à cause de sa mère, mais ce n'était pas le moment d'hésiter.

– Je n'ai pas envie d'aller au cours... déclara Coco.

– Pourquoi ? demanda Mimi.

– Parce que !

Parce que ce n'était pas un jour comme un autre ! C'était presque indécent aux yeux de Coco que chacun se rendît à son travail comme d'habitude alors que Rolande n'était pas rentrée et qu'on vivait par conséquent une journée exceptionnelle.

– Allô !... Je voudrais parler à M. Gérard, s'il vous plaît...

Huguette, installée devant son standard, parlait bas en guettant ses compagnes.

– Vous dites ?... Il n'est pas là ?... Il est déjà parti ?... Ah ! il n'est pas rentré... Je vous remercie...

Brusquement, le casque sur la tête, elle fondit en larmes. Elle larmoya toute la matinée, en donnant des communications, et on voyait littéralement son pauvre nez devenir plus rouge de minute en minute.

– Je brosse le cours ! C'est décidé... avait déclaré Coco.

Et elle restait en pantoufles, à traîner dans la maison, à remuer sans raison des objets, si bien que Roberte lui criait :

— Je t'en supplie !... Reste tranquille !... À tant t'agiter à vide, tu finis par me donner le mal de mer... Tiens ! épluche donc les pommes de terre...

— Tu ne voudrais pas, dis ?

— Mais si, je voudrais...

— Ce serait bien la peine de brosser le cours pour éplucher les patates... D'abord, j'ai besoin de penser...

Ce fut elle qui ouvrit la porte, à onze heures, quand la sonnette tinta. Elle comprit aussitôt que ce n'était pas une visite agréable en voyant un homme noir porteur d'une serviette usée et de binocles d'un vieux modèle.

— M. Adelin est ici ?

— Non, mais je suis Mlle Adelin...

— Je viens présenter les six traites en retard... Je suppose que vous ne payez pas ?

— Vous supposez juste ! Vous n'êtes pas bête.

Il remplit une petite fiche qu'il tendit à la jeune fille, écrivit quelque chose sur un bout de papier, referma sa serviette et sortit.

— Qu'est-ce que c'était ? demanda Roberte quand sa sœur rentra dans la cuisine.

— Rien... Un mendiant...

Beaucoup plus tard, Coco demanda :

— Tu ne crois pas qu'elle est allée à Paris, toi ?

— Qui ?…

— Rolande…

— Ne parle donc pas de ce que tu ne sais pas !

— Tu sais quelque chose, toi, peut-être ?

Et Coco grommela entre ses dents :

— Idiote !…

À midi, Guillaume Adelin rentra et ne posa pas une question. Il lui suffisait de regarder autour de lui pour s'assurer que sa fille n'était pas rentrée. Quant à Coco, elle ne lui parla pas de l'huissier aux six traites et elle garda le bout de papier qu'elle avait enfoui dans sa poche.

— On dirait qu'il va neiger, fit-elle à table, pour amorcer une conversation.

Et mammi soupira :

— Ça va faire un joli effet dans le quartier…

— Quoi ? La neige ?

— Je ne parle pas de la neige. Je parle de Rolande, voyons ! Si simplement elle s'était donné la peine de nous laisser un mot…

— J'aimerais que tout le monde évite de parler d'elle, prononça pappi. C'est compris ?

— C'est compris ! Mais tu ne m'empêcheras pas de remarquer que voilà le résultat de l'éducation que tu as donnée à tes filles.

— Maman ! dit-il avec sévérité.

— Sans compter que c'est un bel exemple pour les plus petites, qui ne sont déjà pas trop sérieuses…

Le pauvre pappi préféra s'en aller sans finir de déjeuner.

Et pendant ce temps-là Rolande pleurait toutes les larmes de son corps !

Elle était assise sur une vieille malle d'osier, dans un cabinet de débarras qu'éclairait une lucarne minuscule, à guetter tous les bruits d'une maison et à trembler chaque fois que des pas se rapprochaient.

Enfin, une porte s'ouvrit. Gérard parut, soucieux.

– Eh bien ?

– Elle ne se décide pas à partir… Dans quelques minutes, elle se mettra à table…

Leurs regards se croisèrent et ils étaient sans tendresse.

– Tu comprends, expliquait Coco, comme je la connais, Rolande n'a pas pu supporter qu'une autre se marie avant elle… Il faut toujours que ce soit elle qui ait *le plus*, le plus de robes, le plus de chapeaux, le plus d'instruction, le plus de livres, le plus de tout. C'est pour avoir *le plus* qu'elle est allée au Havre faire une promenade en avion, parce que ainsi elle est la seule de la maison à avoir reçu le baptême de l'air. N'empêche qu'elle devait être verte de peur !…

Et Coco continuait complaisamment son exposé, car elle avait l'auditoire le plus patient en la personne de Mimi qu'elle avait dressée à écouter.

– Quant à lui, il n'est pas plus bête qu'un autre, mais ce n'est pas la femme qu'il lui faut…

– Pourquoi ?

– Parce que !

C'était sa réponse favorite, qui lui servait dans la plupart des cas. Elle daigna cependant expliquer :

– Sa mère l'a élevé dans du coton comme un poussin malade. Je suis sûre qu'il porte des gilets de flanelle et qu'il ne saute pas un mètre cinquante en hauteur…

– Tu crois qu'Huguette lui conviendrait mieux ?

Mais, cette fois, Coco ne répondit pas.

Ce qu'elle avait dit de Rolande était sans doute ce qu'on avait dit de plus sensé dans la maison. La deuxième fois qu'elle rencontrait Gérard, déjà elle avait forcé son admiration au détriment de sa sœur Huguette.

– Vous vous intéressez à la biologie, paraît-il ? C'est une science merveilleuse, la science de demain…

– Biologie appliquée ! précisait-il. Je ne me sens pas l'âme d'un savant. Je m'intéresse aux transformations de la matière d'un point de vue pratique, pour ainsi dire industriel…

La vérité, c'est qu'il étudiait sans conviction

et qu'il en était arrivé à la biologie après avoir raté un peu partout ailleurs. Il avait toujours des projets, des projets grandioses, dont il se berçait. Généralement, cela lui venait après la lecture d'un livre de vulgarisation ou d'un article de journal.

Pour le moment, son dada était :

— Vous n'imaginez pas la quantité de matières premières qui se perd chaque jour… Supposez une vaste organisation pour la récupération et la transformation de ces produits…

La pauvre Huguette ne suivait pas et Rolande, qui travaillait dans une pharmacie, déballait tout son savoir, si bien qu'il se créait entre elle et Gérard, sous la forme de théories scientifiques, une sorte de complicité.

Quand elle était allée le voir rue de l'Éperon, elle avait insisté :

— Vous croyez que vous êtes vraiment fait pour Huguette et Huguette pour vous ? Réfléchissez…

Il n'avait pas réfléchi, pour la bonne raison qu'il n'avait pas de projets précis. Mais il avait été flatté de l'insistance de Rolande et de l'intérêt qu'elle lui portait. Elle parlait de tout, s'y connaissait en tout. Elle l'avait supplié de lui apprendre à conduire et c'est ainsi que, ce jour-là, après le déjeuner, elle s'était excusée à la pharmacie, en parlant d'une maladie subite de sa mère, et qu'elle s'était élancée sur la route au côté de Gérard.

– Je suis sûre qu'en trois leçons je saurai conduire…, lui affirmait-elle tandis qu'il l'aidait à maintenir l'auto sur la route.

Il faisait gris. Il faisait froid. On avait aperçu un petit château dans un vallon et Gérard avait eu le malheur de dire :

– C'est le manoir de Boildieu…

Bien entendu, elle voulut le visiter. Bien entendu aussi, il n'osa pas avouer qu'il avait peur de sa mère qui, d'ailleurs, était à Caen.

– Moi, déclara Rolande, si j'avais une propriété comme celle-ci, je ferais l'élevage de chevaux…

– C'est que cela coûte cher…

– Je parle de chevaux de course, qui me rapporteraient de l'argent…

Il n'y avait qu'une vieille domestique dont le mari était garde-chasse et Gérard la supplia de ne rien dire à sa mère. Puis il fit entrer Rolande dans le fumoir pour lui servir une boisson chaude.

Soudain, au moment où on s'y attendait le moins, une auto se profila dans l'allée de peupliers et Gérard pâlit en murmurant :

– Zut !… Maman…

Il poussa la jeune fille dans l'escalier, lui fit traverser des couloirs et des chambres, la laissa enfin dans un cabinet de débarras en suppliant :

— Surtout, ne bougez pas d'ici ! Ce serait terrible…

Il arrivait une fois au bout d'une lune, en hiver, que Mme Boildieu allât coucher au manoir. Or, c'est ce qui advint cette fois-là et quand Gérard, à dix heures du soir, quitta sa mère, tout ce qu'il put faire fut de porter un œuf dur et un quignon de pain à la prisonnière.

Maintenant, il était deux heures de l'après-midi. Une nuit avait passé, une matinée entière et Rolande était toujours cloîtrée dans le cabinet de débarras tandis que Gérard, indécis, flottait par toute la maison.

Celle-ci était humide et Rolande, qui avait attrapé un rhume de cerveau, devait sans cesse se retenir d'éternuer.

— Je crois que vous feriez bien d'aller trouver mes parents…, dit-elle quand il vint lui annoncer que sa mère comptait partir vers quatre heures.

— Qu'est-ce que je leur dirai ?

— La vérité… Est-ce que vous ne m'avez pas donné à entendre que vous m'aimiez ? Maintenant que vous m'avez compromise…

Il paraissait tout à fait malheureux.

— Qu'est-ce que votre père va dire ? Mon Dieu ! Que tout cela est embêtant !…

— C'est ma faute ?

— Je ne dis pas cela… je me vois arrivant chez votre père… Et Huguette…

– Vous m'avez juré qu'il n'y avait rien entre vous, pas même une promesse…

– Bien sûr !… Bien sûr !…

– Ce n'est pas vrai ?

– Mais si ! Mais si ! Seulement…

– Seulement quoi ?

– Je ne sais pas, moi ! Je ne sais plus !… Chut !… J'entends du bruit…

Et il la renferma à nouveau dans sa prison encombrée des objets les plus imprévus, d'une vieille machine à coudre, d'une boîte de couturière, de masques nègres et de panoplies, de flèches peut-être empoisonnées rapportées autrefois d'Afrique par le général Boildieu.

IV

Guillaume Adelin n'avait pas voulu dire où il allait.

– J'ai une commission à faire…, s'était-il contenté de répondre à ses filles.

Et il laissait celles-ci dans la clarté molle de la lampe, dans la chaleur de la maison.

– Surtout, mets une écharpe, pappi !… Tu ne veux pas que je t'accompagne ?…

Le seuil franchi, il fonçait dans un brouillard si épais qu'on voyait à peine la lumière du bec de gaz pourtant appliqué à la maison voisine. Plus loin, le tramway avançait au ralenti, en sonnaillant sans cesse, et on entendait le pas des gens avant de deviner leur silhouette.

Ce sont des pas, justement, qui firent tressaillir Adelin et l'arrachèrent à ses pensées. Il devait y avoir longtemps que cela durait, mais il n'y avait pas pris garde. D'abord, on l'avait suivi, de tout près, et maintenant quelqu'un marchait à côté de lui, non comme il arrive qu'on marche par hasard pendant quelques instants à hauteur d'un inconnu, mais d'une façon régulière et certainement voulue.

Adelin portait une écharpe de tricot à grands dessins écossais. Sa respiration formait une buée qui allait se fondre dans le brouillard. Il tourna un peu la tête et prononça :

— Qu'est-ce que tu fais ici. toi ?

— Tu vois ! Je t'accompagne !

Coco, trop peu vêtue, les mains dans les poches, le nez rougi par le froid. Coco qui faisait elle aussi de la vapeur en parlant.

— Retourne à la maison… Je ne te veux pas avec moi…

— Et moi je ne te laisserai pas aller tout seul…

— Coco, je t'ordonne de retourner à la maison…

— Non !

— Et le respect ?

Car il n'y avait qu'elle dans la famille pour heurter ainsi son père de front, avec une tranquille obstination.

— Le respect ? Depuis le temps, mon pauvre pappi, que tu affirmes que je n'en ai pas !

Et elle passa son bras sous le sien, promit :

— Si tu es bien sage, je te laisserai entrer tout seul.

— Tu sais où je vais ?

— Oui. Je voulais y aller aussi…

Deux amoureux étaient tapis dans un coin d'ombre et Adelin fit un écart, pour éviter ce spectacle à sa fille. Un peu plus loin, ils s'arrêtèrent devant une porte cochère flanquée de deux pavillons et Coco s'éloigna de quelques pas après avoir pincé le bras de son père.

— Te laisse pas impressionner, surtout !

L'hôtel Boildieu, précédé d'une cour d'honneur, était assez impressionnant, surtout dans la nuit, dans le brouillard : au geste que fit Adelin pour tirer sur une poignée de fer forgé, ne répondit que l'écho d'une sonnerie lointaine. Un chien vint renifler l'intrus à travers la porte. Puis des pas s'approchèrent, une clef tourna, un homme parut, un des derniers domestiques de Caen à porter encore le gilet rayé.

— Monsieur désire ?

— Je désirerais parler à M. Gérard Boildieu, s'il vous plaît…

— M. Gérard est au manoir, avec Madame…

— Depuis longtemps déjà ?

— Depuis hier… c'est de la part ?…

— Merci… De la part de personne…

Il retrouva Coco sous son bec de gaz.

— Eh bien ?

— La mère est au manoir et Gérard aussi !…

— Alors, c'est que c'est un autre ! déclara posément Coco.

— Un autre quoi ?

— Un autre amoureux !

— Veux-tu te taire ? Tu ne devrais pas seulement savoir ce que c'est !

Ils rentrèrent en se chamaillant encore, sans conviction, car ils avaient plein de noir au fond du cœur. Ils ne se doutaient pas qu'à cette heure…

Elle avait commencé par questionner, toujours assise sur la malle d'osier qui craquait au moindre mouvement :

— Dites-moi, Gérard, vous ne croyez pas qu'il serait temps de prendre une décision ?

Il était dix heures du soir. Tout semblait dormir dans le manoir. Vers la fin de l'après-midi, au moment où il avait été décidé qu'elle s'en irait, Mme Boildieu s'était mis en tête de profiter du brouillard pour entreprendre l'inventaire du linge, qu'elle faisait une fois par an.

Rolande, de son placard, l'avait entendue, précédée de la brave gardienne, aller de placard en placard, d'armoire en armoire et compter à mi-voix.

De temps en temps, Gérard faisait une apparition, n'osait pas parler et indiquait par ses gestes qu'il n'y avait rien à tenter et qu'il fallait subir la fatalité.

D'abord, Rolande avait eu froid, car le calorifère ne marchait pas. Puis elle avait eu beaucoup trop chaud, car il avait soudain fonctionné avec une ardeur exagérée.

Maintenant, le dragon devant s'être couché, Gérard avait apporté du pain, du cidre, du jambon et une pomme qu'il avait posés d'un air gêné sur la machine à coudre. Mais Rolande, malgré sa faim, engageait la conversation.

— Vous ne croyez pas qu'il serait temps de prendre une décision ?

Et lui, qui n'avait jamais pris une décision de sa vie, n'osait pas lever les yeux vers elle, balbutiait :

— Parlez moins fort... Ma mère pourrait entendre...

— Alors, approchez-vous... On dirait que vous avez peur de moi... Venez ici !... Plus près !... Regardez-moi dans les yeux...

Une vache meugla, dehors. Un train passa quelque part dans la nuit.

— Qu'est-ce que vous comptez faire ?... Vous n'osez pas répondre.

— Que voulez-vous que je réponde ?

— Vous m'aimez ?

— Oui... Je crois... Je ne sais pas...

— Vous ne savez pas si vous m'aimez ?

— C'est-à-dire... Tout cela est tellement bouleversant !... Chut !... Il me semble que j'entends ma mère...

On entendit marcher en effet, au même étage, mais bientôt les pas s'arrêtèrent et un lit grinça.

— Répondez, Gérard !... Quand vous m'avez emmenée en voiture, est-ce que vous m'aimiez ?

Il aurait bien voulu répondre, pour en finir, mais répondre quoi ? Il sentait que ce n'était pas le moment de prononcer des paroles en l'air. En levant les yeux, il avait aperçu un instant le profil de Rolande et il avait été étonné de sa dureté.

— Bien sûr que... Enfin, je veux dire...

— Vous aviez déjà l'intention de m'épouser ?

— Je ne sais pas, soupira-t-il dans un effort de sincérité.

— Vous ne savez pas si vous avez l'intention de m'épouser ?

— Est-ce ma faute, à moi, si l'arrivée de ma mère nous a empêchés de sortir du manoir ?... D'ailleurs, je vous ferai remarquer que ce n'est pas moi qui vous y ai amenée... Vous avez insisté pour le visiter... J'étais assez ennuyé à cause des gardiens...

— Je commence à comprendre, articula-t-elle, pincée.

— À comprendre quoi ?

— Répondez à ma question. Aviez-vous envie d'épouser Huguette ?

— Je l'ai déjà dit... Je ne sais pas... Je ne sais rien...

— N'empêche que vous alliez chaque semaine au cinéma avec elle et que vous avez accepté d'être présenté à mes parents !

— Pas comme fiancé ! protesta-t-il en faisant appel à toute son énergie.

— Comme quoi, alors ?

— Comme n'importe quoi… Comme camarade… Comme ami…

Il était assez content de lui, car il n'avait jamais cru qu'il serait capable de remettre les choses au point aussi catégoriquement qu'il venait de le faire. Rolande, qui devait en être suffoquée, ne disait plus rien et il leva à nouveau les yeux vers elle. Hélas ! ce qu'il vit ne le rassura pas. Elle avait baissé les yeux. Elle avait saisi son mouchoir, l'avait roulé en boule et maintenant il ne se passerait plus une minute avant qu'elle fonde en larmes.

— Rolande !… commença-t-il. Je vous assure que… Qu'il ne faut pas m'en vouloir… Je ne refuse pas a priori de vous épouser un jour… Je ne sais pas… Il faut que je m'habitue à cette idée…

— Et mon père ?

— Quoi, votre père ?

— Vous croyez qu'il s'habituera à cette idée que sa fille a disparu pendant deux jours avec un jeune homme ?

— Vous lui expliquerez comment les choses

se sont passées... qu'on ne l'a vraiment pas fait exprès... Peut-être même pourriez-vous lui dire que vous êtes allée chez une amie...

– Je n'ai jamais menti !

– C'est ennuyeux... Remarquez que, si cela devenait indispensable...

Ça y était : Rolande reniflait, les larmes étaient toutes proches, elles jaillissaient, la gorge se gonflait au moment précis où la porte s'ouvrait sans bruit et où l'on voyait une silhouette sombre s'immobiliser sur le seuil.

Mme Boildieu, qui avait arrangé ses cheveux pour la nuit, portait sur la tête un fichu de dentelle noire qui faisait paraître son visage plus maigre et ses traits plus durs.

– Maman !... Je vais vous expliquer..., commença Gérard en se levant.

Elle l'arrêta d'un geste, s'effaça pour laisser le passage libre.

– Veuillez d'abord faire sortir cette personne...

– Maman, je vous jure que ce n'est pas ce que vous croyez...

– Mademoiselle, je vous prie de quitter le château sur-le-champ...

Rolande, qui était sans doute la plus orgueilleuse des Adelin, se redressa de toute sa taille et un instant regarda Mme Boildieu dans les yeux... Comme elle marchait vers la porte,

Gérard fit quelques pas derrière elle, mais sa mère l'arrêta d'un seul mot :

– Reste !

Puis, à Rolande :

– Vous n'avez pas de manteau, de chapeau ?

Rolande les dénicha derrière le mannequin et soudain elle se mit à courir, ne pouvant plus supporter cette scène. Au rez-de-chaussée, elle se heurta à la porte dont elle ne parvint qu'avec peine à tirer les verrous. Elle courut encore dans l'allée de peupliers, eut peur parce qu'un chien la suivait et parce qu'elle ne voyait rien dans le brouillard.

Elle n'avait jamais pensé que des minutes pareilles à celles qu'elle venait de vivre fussent possibles, qu'on pût lui infliger, à elle, une telle humiliation. Elle ne savait pas au juste où elle était ! Elle marchait ! Elle trébuchait ! Elle avait peur de la nuit, peur du chien, peur de tout et encore plus peur du lendemain.

– Lâche ! Lâche ! Lâche !... cria-t-elle soudain en serrant les poings et en trépignant. Ce n'est qu'un lâche !...

Et elle, qu'était-elle désormais, sinon une fille perdue ? Ne vaudrait-il pas mieux mourir tout de suite ? Elle chercha autour d'elle, sans conviction, ne vit aucun moyen de se donner la mort et ce qu'il y avait de plus ridicule, ce qui lui donnait un sourire amer, c'est qu'elle avait faim, une faim atroce, qu'elle aurait donné gros pour un morceau de pain !

– Le lâche !...

Elle répétait ce mot tous les dix mètres mais, à mesure, elle le prononçait avec moins de force et surtout avec moins de conviction, au point qu'à la fin elle se trompa.

– L'imbécile !...

Elle parlait toute seule. Elle était fatiguée. Elle fouilla dans son sac pour voir ce qu'il lui restait d'argent et trouva plus de trente francs. Elle traversa un premier village où elle ne vit pas d'auberge, puis un autre qu'elle reconnut, mais où tout était déjà endormi.

Quand elle arriva à Caen, il était plus d'une heure du matin et elle fonça, comme prise de vertige, vers la première petite rue où elle vit briller le mot « Hôtel ».

Le brouillard ne s'était pas dissipé avec le jour. Au lycée, il y avait de la lumière dans les classes, les becs de gaz des rues restaient allumés, ainsi que certains étalages.

Coco aimait le brouillard, comme elle aimait les grandes chaleurs ou les grandes pluies, les inondations, la grêle et la mer en furie. Son cartable sous le bras, elle marchait avec une involontaire allégresse en heurtant parfois un passant quand elle entendit qu'on faisait :

— Psssttt !...

Elle ne sut pas tout de suite si c'était pour elle, mais une voix prononça alors :

— Coco !...

Elle se retourna, fit deux pas, s'exclama sans trop de surprise :

— Te voilà, toi !

— Chut !... Viens par ici...

Et Rolande l'entraînait dans une petite rue, une Rolande étrange, aux vêtements fripés, au visage las, aux yeux inquiets.

— Promets-moi de ne pas me poser de questions...

— Va toujours ! Qu'est-ce que tu veux ?

— Tu as de l'argent sur toi ?

— Tu es devenue folle, ma vieille ? Est-ce qu'on a de l'argent, dans notre famille ? D'où c'est que tu sors ?

— Tu as promis...

— Je n'ai rien promis du tout et, si tu ne me réponds pas, je crie, je fais un scandale, j'appelle un agent...

— Tais-toi, pour l'amour de Dieu !...

— Alors, dis-moi...

— Je t'expliquerai plus tard... En tout cas, je ne veux plus retourner à la maison... Je ne veux pas non plus rester à Caen… Trouve-moi de l'argent, Coco !…

— On dirait que tu n'es pas une Adelin…

— Pourquoi ?

— Trouve-moi de l'argent !… Comme si, chez nous, l'argent se promenait en liberté.

— Ne plaisante pas, Coco… C'est très grave… Cette nuit, je voulais me tuer…

— Mais tu ne l'as pas fait…

— Je le ferai si tu ne me donnes pas le moyen de quitter la ville… Oui, je me jetterai dans l'Orne… Ou bien je m'élancerai sous un tramway…

— C'est malin !

— Tu comprendras plus tard… Trouve-moi seulement deux cents francs… Apporte-les-moi ici…

— Tu vas m'attendre dans la rue ?

C'était une rue calme, étroite, près d'une grande artère où on entendait les ménagères faire leur marché.

— Va vite, Coco… J'ai tellement peur qu'on me rencontre !… Surtout ne dis à personne que tu m'as vue… Jure-le !…

Mais Coco s'éloignait en grommelant :

— T'inquiète pas, ma fille !…

Elle allait d'une démarche plus grave que tout à l'heure, car elle avait le sens des responsabilités qui pesaient sur elle.

— De l'argent ! De l'argent ! Toujours de l'argent !… murmurait-elle entre ses dents.

Elle avait entendu ce mot-là toute sa vie ! Et toujours, dans la maison, on se heurtait à la question d'argent. Voulait-elle une bicyclette à roue libre, comme ses amies ?

— … pas d'argent…

Voulait-elle se faire faire une indéfrisable ?

— … argent…

Si son père était soucieux, s'il avait plusieurs jours de mauvaise humeur, c'est qu'il n'y avait pas d'argent ! Si, quand on sonnait à la porte, on se regardait avec effroi, c'est qu'on craignait la visite d'un encaisseur, de l'employé du gaz ou de l'électricité.

L'argent ! Toujours l'argent !

Et on comptait ! On faisait des additions ! On calculait combien il restait par jour pour finir le mois !

Voilà que Rolande était dans la rue à attendre… de l'argent, naturellement !

Coco, qui n'avait pas de clef — cela aurait coûté trop cher de commander des clefs pour toutes les filles —, sonna à la porte et attendit, d'abord sans se rendre compte du temps qui s'écoulait, puis avec impatience, puis avec un certain effroi. Elle sonna encore une fois et il lui sembla que la sonnette résonnait dans une maison vide, ce qui était impossible à pareille heure.

Alors elle sonna plus fort, sans arrêt, et une fenêtre s'ouvrit au premier, Roberte parut, plus pâle que d'habitude, cria :

– Attends…

Coco regarda à gauche, à droite et, à moins de dix mètres, elle aperçut M. Rorive qui, lui aussi, paraissait attendre quelque chose et dont la bouche fumait dans le brouillard.

– Entre vite… Qu'est-ce que tu veux ?

Roberte avait une tête de catastrophe et marchait comme si des dangers l'eussent guettée dans tous les coins.

– Qu'est-ce qu'il y a ?

– Chut !… Il est là-haut…

– Qui ?

– L'huissier…

– Encore ?

– Tais-toi ! Cette fois-ci, c'est pour de bon… Ils sont deux… Depuis près d'une heure, ils dressent une liste de tout ce qu'il y a dans la maison et il paraît que cela ne nous appartient déjà plus, qu'on ne peut plus rien sortir, rien emporter…

– Les meubles aussi ?

– Les meubles et le reste !

– Les vêtements ?

– Tout ! Les vêtements, les objets, les bibelots, tout, te dis-je ! Nous n'avons droit qu'aux lits et à une table…

— Par personne ?

— Je ne sais pas…

— Ils sont entrés dans ma chambre ?

— Pas encore… Pour le moment, ils sont dans le bureau de papa…

Le ménage n'était pas fait. Aucune odeur de cuisine ne flottait dans la maison et on avait trop ouvert les portes, si bien qu'on ne sentait pas la chaleur.

— Et maman ?

— Elle est allée faire le marché…

— Elle avait de l'argent ?

— Chut !… Ils écoutent peut-être ce que nous disons…

— Tu as de l'argent, toi ?

— Il me reste deux cents francs pour finir le mois…

— Donne-les-moi…

— Pour quoi faire ?

— T'inquiète pas !

Coco monta chez son père et cela lui donna un choc de trouver dans le bureau de celui-ci un monsieur qu'elle ne connaissait pas. Il avait son chapeau sur la tête et travaillait en fumant une courte pipe d'écume.

— Qu'est-ce que vous désirez ? demanda-t-il à la jeune fille.

— Vous dire d'abord qu'on ne fume pas ici… Puis vous demander de retirer votre chapeau…

Un homme beaucoup plus jeune et assez joli garçon prenait les objets les uns après les autres, par exemple un bronze représentant le chevalier Bayard, annonçait :

– Une statuette en simili-bronze… Le bout de la lance du chevalier est tordu…

Dans le corridor, Roberte s'était mise à pleurer et s'essuyait les yeux du coin de son tablier.

– Un coupe-papier en ivoire… Un cendrier réclame…

L'huissier inscrivait et louchait vers son chapeau qu'il aurait bien voulu remettre sur la tête, car Coco avait ouvert la fenêtre et l'air était glacé.

– Cela ne vous ferait rien de fermer ? grogna-t-il.

– Je m'excuse, mais cela me ferait justement quelque chose. Je ne supporte pas certaines odeurs…

– Que voulez-vous insinuer ?

– Rien. Mais je suppose que la loi ne nous oblige pas à fermer les fenêtres pendant que vous officiez ?

Elle rejoignit sa sœur dans le corridor.

– Apporte-moi l'aspirateur ! lui dit-elle.

Puis, tout bas :

– Pendant que je vais les occuper, rafle tout ce qui a un peu de valeur…

– Quoi ?

— Je ne sais pas, moi ! Ce qui peut se revendre…

Certes, Rolande attendait toujours dans sa petite rue. Mais elle n'avait qu'à attendre. Tant pis pour elle si elle choisissait un moment pareil pour vivre ses drames de cœur !

Coco brancha l'aspirateur et la pièce s'emplit d'un bourdonnement obstiné.

— Mademoiselle…, commença l'huissier, rouge de colère.

— Monsieur, dit-elle paisiblement.

— Je vous serais reconnaissant de…

— Et moi, monsieur, je vous serais reconnaissant de lever vos jambes… Merci… Un peu plus haut…

L'autre annonçait de sa voix monotone :

— Un secrétaire façon noyer…

— Un secrétaire façon noyer… répétait l'huissier attaqué à coups d'aspirateur et qui ne savait plus comment se tenir. Mademoiselle, je me demande si mon devoir ne serait pas de requérir la force publique…

— C'est fini pour cette pièce… annonça le secrétaire.

— Passons à côté…

— À côté, c'est chez moi ! déclara Coco. Je vous préviens que si vous mettez du désordre…

Qu'est-ce que Roberte, pendant ce temps, pouvait bien sauver du naufrage ? Coco faisait un effort pour crâner, mais elle était désespérée à l'idée qu'un jour ou l'autre on mettrait tous ces meubles, tous ces objets sur le trottoir, comme c'était arrivé une fois dans le quartier, et que les gens pourraient fureter, faire des réflexions, se moquer de certains souvenirs de famille.

Est-ce qu'elle ne s'était pas esclaffée, elle, cette fois-là, en voyant un pot de chambre bleu pâle sur les rayons d'une bibliothèque ?

– Une carpette très usagée…

– Dites donc !

– Je dis une carpette très usagée…

Qu'est-ce qu'elle pouvait bien faire ? Pappi était occupé à donner sa leçon d'histoire aux gamins de sixième. Mammi faisait son marché avec sa dignité de grande dame qui méprise les marchandages et exige toujours la première qualité. Mimi était à l'école. Élisabeth, en tablier noir et col blanc, s'affairait autour du rayon de parfumerie à « Prix-Bas ».

Quant à Rolande, elle faisait les cent pas, barbouillée par ses peines de cœur, à moins que ce fût par la faim ou par l'humiliation.

– Vous en avez encore pour longtemps ?

– Jusqu'à ce que toute la maison y ait passé…

– Ça ne vous dégoûte pas ?

– Quoi ?

— De faire ce métier-là.

— Mademoiselle, une dernière fois, je vous préviens que si vous…

Elle lui tira la langue en faisant une grimace et il ne put achever sa phrase.

— Colette !… appela, d'en bas, la voix de Roberte.

— Vous permettez, monsieur ?

Elle descendit, trouva sa sœur tout effrayée, un sac à la main.

— Voilà ! J'ai mis dedans ce qui a un peu de valeur, les anciens bijoux de maman, le cadre en argent, les couverts, le service japonais, le…

— Ça vaut bien trois cents francs, quoi ! soupira Coco. Je vais te dire une bonne chose, ma pauvre vieille ; je veux être riche un jour, mais pas pour ce que tu crois ! Ce n'est pas pour avoir de l'argent, mais pour ne plus en avoir besoin…

— C'est la même chose…, fit Roberte.

— Tu ne comprends rien… Où vas-tu mettre ton sac ?

— Je n'en sais rien…

— Donne ! Je vais le placer dans la gouttière…

— Si tu tombais ?

Coco haussa les épaules, grimpa au second et passa par la fenêtre tabatière. Quand elle redescendit, sa sœur lui demanda :

— Tu me rendras les deux cents francs ?

— Mais oui… D'ailleurs, au point où nous en sommes, à deux cents francs près…

— Où vas-tu ?

— Faire une course…

M. Rorive était toujours à sa place, sur le trottoir, comme sorti du brouillard. Coco passa près de lui, les mains dans les poches, et elle allait cracher par terre pour exprimer son mépris quand il murmura :

— Mademoiselle Colette…

— Qu'est-ce que vous lui voulez, à Mlle Colette ?

— Je voudrais que vous m'écoutiez un instant… Je sais bien ce que vous pensez… Vous me détestez. À l'instant, vous étiez sur le point de cracher…

— Vous ne voudriez pas que je vous embrasse, non ?

— Il faut que vous essayiez de comprendre… Votre père, l'autre jour, m'a dit des choses terribles et il m'a jeté à la porte d'une façon qu'un homme comme moi ne peut oublier…

— Alors, ne l'oubliez pas !

— Je suis très triste de ce qui s'est passé…

— Tandis que nous, nous sommes gais comme des pinsons !

— Soyez sérieuse un moment… Vous savez quel homme je suis… Un homme nature, tout rond, qui n'aime pas les complications… Déjà, quand j'ai quitté mon commerce, j'ai été désorienté… Puis la pauvre Mme Rorive est morte et j'aurais été le plus malheureux des hommes si je n'avais pas eu votre maison comme dernier refuge… Ne riez pas. Je me sentais un peu chez moi… J'avais l'illusion de me trouver en famille…

— Lâchez votre paquet !

— Quel paquet ?

— Dites-moi ce que vous avez à dire !

— Mais…

— Sinon, je m'en vais… « En famille »… Vous en étiez à « … en famille… ».

— Je ne sais plus… Enfin ! Malgré tout ce que votre père m'a fait, je crois que je ne serais pas intraitable si on me laissait à nouveau une petite place…

— Une place de quoi ?

— Le rôle de créancier est trop désagréable, car on a toujours l'impression de gêner. Mais supposez que je sois vraiment de la famille…

— Qui voulez-vous épouser ? questionna-t-elle. Vous avez fait votre choix ? Roberte ?

— Non ! Elle est trop triste…

— Clotilde ?

— Je ne l'ai presque pas vue… C'est l'institutrice, n'est-ce pas ?

— Alors ? Dépêchez-vous…

— Ce que j'aime, moi, c'est la gaieté, c'est la jeunesse…

— Rolande ?

— Elle m'impressionne un peu… Mais, à la rigueur…

— Huguette ? Élisabeth ? Mimi ?

— Évidemment, je ne suis plus très jeune…

— Non ! Plus jeune du tout…

— Mais je laisserai une fortune d'environ un million et…

— Si j'ai bien compris, c'est Rolande ou moi que vous voulez ?

— J'ai dit que Rolande m'impressionne…

Elle ne riait plus et articulait gravement :

— Qui sait ? On a vu des choses plus extraordinaires… Écoutez, monsieur Rorive… Vous admettrez que cela demande trois ou quatre jours de réflexion… Mettons cinq…

— Mais vous croyez que j'ai des chances ?

— Surtout si vous coupiez vos petites moustaches… J'ai toujours eu horreur des moustaches !… Seulement, si vous voulez que je puisse réfléchir en paix, il serait prudent de rappeler vos deux bonshommes qui mettent la maison sens dessus dessous…

— Et votre père ?

— Quoi, mon père ?

— Vous allez lui en parler ?

— Quand j'aurai pris une décision… En attendant…

Elle s'éloigna en courant, ne reprit une marche

normale qu'après avoir tourné le coin de la rue. Quand elle retrouva enfin Rolande, celle-ci était pâle d'angoisse, car elle croyait que sa sœur ne reviendrait plus.

— Tu as l'argent ?

— Deux cents francs.

— Donne-les vite, que j'aille manger…

Coco la suivit dans un petit bistrot pour maraîchers où Rolande dévora du pain et du saucisson. La gamine, qui observait sa sœur avec attention, prononça soudain :

— Est-ce que tu ne m'as pas dit tout à l'heure que tu voulais mourir ?

— Je l'ai dit… Je le ferai… Si c'est nécessaire…

— Cela ne te serait pas égal de faire autre chose à la place ?

— Qu'est-ce que cela signifie ?

— C'est simple ! En mourant tu ne fais de bien à personne et tu es sûre de n'avoir toi-même plus de plaisir… Suppose qu'en te mariant, par exemple, tu sauves toute la maison…

— Tu es folle ? Tu ne comprends donc rien ?

— Mais si, je comprends, imbécile ! Je ne te parle pas d'épouser Gérard…

— Alors ?

— Mais d'épouser M. Rorive… Crie tant que tu veux. Monte sur tes grands chevaux… Il n'en reste pas moins qu'une de nous deux va sans doute être obligée de l'épouser…

— Papa l'a dit ?

— Laisse pappi tranquille !... Il ne sait rien de tout ça... Pappi est un historien et ne peut pas comprendre la vie... Celui qui l'a dit, c'est M. Rorive... Remarque qu'il ne tient pas spécialement à toi... Il paraît que tu l'impressionnes, mais je suis sûre qu'il s'y fera...

— Tu es devenue folle, non ?

— Ne dis pas de bêtises et réfléchis... Toi, tu as envie de mourir et, par conséquent, tu ne perds rien en te sacrifiant... Moi, au contraire, j'ai envie de vivre...

— Ce n'est pas la même chose !

— Qu'est-ce qui n'est pas la même chose ?

— D'épouser M. Rorive...

— Je lui ai dit de raser ses moustaches...

— Je ne le veux ni avec, ni sans moustaches... Non, jamais !...

Alors, Coco se leva et déclara gravement :

— Ma fille, laisse-moi te dire que tu es une égoïste.

— Qu'est-ce que tu vas faire ?

Mais déjà la gamine sortait du bistrot sans ajouter mot.

V

Il est des heures que les drames n'arrivent pas à changer, comme celles des repas, et ce soir-là il y avait, sous la lampe, la même nappe blanche que les autres jours, les mêmes couverts, la même soupière fumante. Il est vrai que Roberte, en la posant sur la table, renifla profondément et qu'un peu après, passant dans le corridor pour regagner la cuisine, elle se colla au mur, la tête dans les bras repliés, pour pleurer à son aise.

Quant à Guillaume Adelin, on sentait qu'il avait pris la résolution de donner à ses enfants une leçon de stoïcisme et, s'il était pâle en se mettant à table, pas un muscle de son visage ne bougeait.

– Où est maman ? demanda-t-il en montrant une place vide.

– Elle est couchée. Elle a la migraine…

Il fit comme s'il le croyait. Il fallait tout « faire comme si… ».

Faire comme si on avait faim... Comme si on ne remarquait pas l'absence de Rolande... Comme si c'était égal à tout le monde qu'on vendît la maison, les meubles et tout... On faisait même comme si la soupe était bonne, alors que la pauvre Roberte y avait mis trois fois trop de sel...

Pour « faire comme si... », c'est-à-dire pour ne pas se laisser aller au désespoir, il était nécessaire de prendre certaines précautions, de ne pas trop se regarder les uns les autres, de ne pas penser à n'importe quoi...

Par exemple, Mme Adelin, qui la veille était si contente de changer de quartier, avait soudain fondu quand elle avait appris qu'il y aurait une vente publique sur le trottoir et que tous ses meubles y passeraient.

– Le brouillard continue ! articula gravement Guillaume Adelin en rompant du pain.

– Oui, il y a beaucoup de brouillard ! approuva Coco.

– Ce qui est curieux, reprit pappi, c'est que voilà trois jours qu'il dure...

– Il est vrai que c'est le temps de la saison, émit Coco d'une voix si naturelle que les autres en furent choqués.

À ce moment, Roberte arriva à la porte avec un grand saladier dans les bras et elle s'y prit de telle sorte que le saladier tomba par terre où il éclata comme une bombe. Alors Mimi lança sans réfléchir :

— Attention que ce n'est déjà plus à nous ! Souviens-toi de ce qu'a dit l'huissier.

On vit Guillaume Adelin regarder autour de lui lentement, profondément. Puis il se leva, les traits encore rigides, mais plus pour longtemps, et se hâta de dire tant que c'était encore possible :

— Continuez à manger… Je n'ai plus faim…

Il alla s'enfermer dans son bureau, tandis que Coco gourmandait ses sœurs :

— C'est malin, de parler de choses pareilles quand on mange !… Et toi, tu ne sais plus porter un saladier ?

Coco mangea de tout, sans renifler, sans s'essuyer les yeux. Certes, elle n'avait pas sa bonne humeur habituelle, mais elle faisait penser davantage à quelqu'un qui réfléchit qu'à quelqu'un qui a de la peine.

Par exemple, elle se tourna avec curiosité vers sa sœur Élisabeth quand celle-ci éclata en sanglots. C'était la vendeuse à « Prix-Bas », celle qui vivait toujours dans son coin, tellement plongée dans ses romans qu'elle ne faisait presque pas partie de la famille.

Or, elle sanglotait comme une Madeleine, la bouche pleine, par-dessus le marché.

— Qu'est-ce que tu as, toi ?… Pourrais-tu seulement dire pourquoi tu pleures ?

– Parce que… Parce que… c'est… trop… c'est trop triste…

Et Coco, en l'imitant :

– Qu'est-ce qui est… est trop… est trop triste ?

– Je ne sais pas… Qu'on vende tout… Que maman soit couchée… Que papa… Je sens bien que désormais tout ira mal et j'aime encore mieux me marier…

– C'est une idée, ça, au moins ! Tu as quelqu'un ?

– Je trouverai…

Et voilà qu'au mot mariage Huguette fondait à son tour.

– Bon ! Toi, au moins, on sait pourquoi tu pleures : c'est parce que Gérard t'a lâchée…

– Colette !

– Il faudra d'ailleurs que tout à l'heure nous en parlions…

Alors Mimi demanda :

– C'est vrai que même ce qu'il y a dans les armoires n'est plus à nous ?

Roberte, qui avait maintenant les coudes sur la table, comme une ménagère fatiguée, ne pensait pas à desservir. Huguette l'aida et elles purent, dans la cuisine, échanger leurs jérémiades tandis que Coco, après avoir hésité un moment, entrait doucement dans le bureau de son père.

Il ne l'entendit pas tout d'abord. Il avait la

tête dans les mains et ne bougeait pas, n'avait pas ouvert un des cahiers empilés devant lui. Ce dut être l'air qui passait par la porte entrouverte qui l'arracha à sa torpeur et il regarda Coco avec des yeux de myope qui vient d'enlever ses lunettes.

— Qu'est-ce que tu veux, toi ?

— Je viens te dire un petit bonjour..., dit-elle en s'asseyant au bord du bureau.

— Il faut que je travaille.

— Tu travailleras après, n'est-ce pas ?

« Dis donc, pappi, qu'est-ce que tu comptes faire quand on aura vendu la maison ? »

On sentait qu'elle n'était pas venue par hasard, mais que ses questions étaient le fruit de longues réflexions.

— Que veux-tu que nous fassions ?

— Je ne m'explique pas bien... Attends... Il faudra, je suppose, qu'on loue un appartement ou une maison ?... Attends !... Alors pourquoi nous sommes-nous mis sur le dos tous les ennuis de posséder une maison à nous ?

Il la regardait avec étonnement, essayant de suivre sa pensée.

Elle continuait :

— Car, depuis que nous avons cette satanée bicoque, il faut avouer qu'on n'entend plus parler que d'argent... Explique...

— Tu ne peux pas comprendre, mon petit...

— Non, pappi ! Je t'en prie ! Pas d'histoires ! Explique pourquoi tu as voulu une maison et pourquoi c'est devenu la préoccupation primordiale de la famille…

— Parce que c'est une famille !

— Tu veux dire que, si maman et toi aviez été seuls, vous n'auriez pas eu l'idée de faire construire ?

— Oui !

— Donc, c'est pour nous que…

— Pour nous tous ! dit-il en se levant. Pour la tribu Adelin, pour qu'elle soit chez elle… Je te répète que tu ne comprendras pas… Les animaux les plus sauvages ont un nid, un terrier, un repaire… Laisse-moi, maintenant !… Va-t'en vite !…

Et, de la main, il lui faisait signe de sortir, parce qu'il avait de nouveau envie de pleurer et qu'il ne voulait pas pleurer devant elle.

— Va, Coco !… Je t'en supplie…

— Non ! Tu peux pleurer devant moi… Si tu crois que ça ne pleure pas, en bas !

Il s'essuya les yeux, détourna un instant la tête, questionna en épiant sa fille à travers ses doigts.

— Et toi ?

— Moi, je ne pleure pas. Je réfléchis.

— À quoi ?

— À ce qu'on va faire.

— Comment, à ce qu'on va faire ?

— Il faudra se décider à faire quelque chose, n'est-il pas vrai ? Une famille qui n'aurait pas de tanière, comme tu dis… Mais tu ne peux pas comprendre !… Par exemple, j'ai besoin de petits renseignements… Combien dois-tu exactement à M. Rorive ?

— Soixante mille francs…

— Et combien vaut la maison ?

— Elle a coûté cent vingt mille francs, mais maintenant elle doit valoir un peu plus…

— Si bien que nous n'avons versé que soixante mille francs ?

— Oui ! Nos économies de quinze ans et l'héritage de tante Marthe.

— En somme, on n'a jamais rien versé à M. Rorive ?

Elle comprit qu'il rougissait ; néanmoins elle avait besoin de savoir.

— Les intérêts, oui ! Mais rien sur le capital… Ce n'est pas ma faute. Quand je parle de restrictions, vous êtes toutes à rire de moi… Quand vous avez envie de quelque chose, vous insistez tellement que je…

— Pauvre pappi !

Elle dit cela en l'embrassant au front, marcha vers la porte, ajouta :

— T'en fais pas, va !

Il n'y pensa que plus tard, quand elle fut

sortie, et il se demanda ce qu'elle avait voulu dire, haussa les épaules en songeant que ce n'était jamais qu'une parole en l'air.

En bas, c'était comme après un enterrement, du désordre, de la lassitude, des mouchoirs humides et des paupières gonflées. Quand Coco descendit, l'œil sec et le regard grave, il y eut de la réprobation sur les visages.

– Qu'est-ce qu'il fait ? demanda Roberte comme elle eût demandé des nouvelles d'un mourant.

– Qu'est-ce qu'il pourrait faire ?

– Toi, au fond, tu n'as jamais eu de cœur !

– Et toi, ma vieille, tu en as trop ! Tu en as tellement que tu fais éclater les saladiers.

– Ne plaisante pas, Coco, supplia Huguette. Ce n'est pas le moment, je te jure… Je me demande ce que nous allons devenir… Sans compter la honte…

– La honte de quoi ?

– Tu le sais bien…

– Est-ce que tu parles de Rolande ou de la maison ?

– Des deux…

Élisabeth soupira…

– Moi, j'aime encore mieux aller dormir…

– C'est ça ! Bonne nuit…

Mimi monta en même temps, puis Huguette, et Coco resta seule avec Roberte qui luttait mollement contre le désordre.

— Dis donc… Tu sais quel âge il a, M. Rorive ?

— Non…

— Quel âge lui donnes-tu, toi ? Il est déjà vieux, n'est-ce pas ?

— Pas si vieux que ça… Il a peut-être soixante ans…

— Ce n'est pas vieux ?

— Pense que papa en a cinquante-trois.

— Évidemment… Et tu ne crois pas qu'il soit malade ?

— Papa ?

— Mais non ! M. Rorive…

— Pourquoi serait-il malade ?

— Parce qu'il y a des tas de gens malades et qu'il pourrait bien se faire qu'il le soit… Tu ne comprends décidément rien !… À ton âge, tu devrais savoir tout ça… Enfin, combien d'années lui donnes-tu encore à vivre ?

— Quinze ans ?… Vingt ans ?… Le père de maman est mort à quatre-vingt-sept ans…

— Eh bien ! ma vieille…

— Quoi ? Que veux-tu dire ?

— Rien !… Je calcule…

Et elle calculait, en effet : elle avait seize ans et demi. Si M. Rorive vivait encore vingt ans, cela lui ferait trente-six ans…

— Dis, Roberte… C'est bien vingt-sept ans que tu as, n'est-ce pas ?

— Où veux-tu en venir ?

— Ne t'inquiète pas… Laisse-moi te regarder… Oui, évidemment, dans dix ans, tu seras tout à fait une vieille fille…

Elle soupira, laissa tomber après un silence :

— C'est gai !

— Tu dors, Coco ?

Colette, qui avait envie de réfléchir à son aise, n'avait pas voulu dormir cette nuit-là avec sa sœur et chacune était dans son lit tandis que l'obscurité les enveloppait.

— Qu'est-ce que tu veux ?

— Je veux venir près de toi pour te dire quelque chose, annonça Mimi.

— À une condition : c'est que tu ne sois pas toute froide…

— Je ne suis pas froide… Rien que les pieds…

— Alors, viens si tu veux et laisse tes pieds hors des draps… Surtout, ne commence pas à pleurnicher… Ne parle pas trop fort, pour maman…

Quelques instants plus tard, elle rappelait sa sœur à sa promesse.

— Qu'est-ce que tu voulais me dire ?

— Je ne sais plus…

— Tu mens !

— Oui… Mais je me demande si cela signifie quelque chose… Et je ne sais pas si je dois le répéter…

— Dans ce cas, file dans ton lit…

— Coco…

— Il n'y a pas de Coco qui tienne… File dans ton lit… Ou plutôt non, je veux savoir…

— C'est un mot qu'Huguette a prononcé tout à l'heure… Elle pleurait… Elle ne savait pas que j'étais là… Il y avait Roberte, qui préparait sa soupe… Huguette et Roberte se sont toujours bien entendues…

— La suite !

— Elles pleuraient toutes les deux tant qu'elles pouvaient, comme si ça avait été un plaisir… Puis elles se mouchaient… Puis elles se regardaient en levant les yeux au ciel… Puis enfin Huguette a soupiré :

« — Dire que c'est peut-être de ma faute !

« — Pourquoi ? a questionné Roberte, qui tenait une pomme de terre à la main.

« — Pour rien… Je ne peux pas t'expliquer…

« Et l'instant d'après elle repartait dans des sanglots en murmurant :

« — Si tu savais comme je l'aime !… On n'est pas responsable d'aimer, n'est-il pas vrai ?… »

Coco ne disait rien. Mimi commençait à s'inquiéter de son silence.

— Tu ne dors pas, au moins ?

— Non !

— Alors, qu'est-ce que tu fais ?

— Je pense…

— À quoi ?

— À ce que tu m'as dit… Est-ce que tu es bête, oui ou non ?… Tu es sûre qu'Huguette a dit : « … *C'est peut-être de ma faute…* »

— J'en suis certaine. Même qu'un quart d'heure plus tard Roberte l'a questionnée à nouveau, mais elle n'a pas voulu s'expliquer.

— Qu'est-ce que tu as compris, toi ?

— Je n'ai pas compris. C'est pour cela que je te le répète…

— Va dans ton lit…

— Tu m'avais promis…

— Tu as raison… Reste plutôt dans mon lit et tiens-le chaud jusqu'à ce que je revienne…

— Où vas-tu ?

— Ne t'inquiète pas…

— Tu vas chez Huguette, je parie… Surtout, ne lui dis pas que c'est moi…

Et Coco, qui portait des pyjamas de garçon, sortit de sa chambre, grimpa à l'étage au-dessus, où Huguette avait une chambre pour elle seule. En y entrant, elle tourna le commutateur et la lumière inonda le lit où Huguette se dressa en se frottant les yeux.

— Qu'est-ce que c'est ?

— N'aie pas peur, ma vieille. C'est moi !

— Il est arrivé quelque chose ?

— Mais non... Couche-toi... Je suis venue seulement pour te parler.

— Et maman ?

— Quoi, maman ? Elle dort, maman !

— Pourquoi me regardes-tu ainsi ?

— Comment est-ce que je te regarde ?

— Je ne sais pas, moi ! On dirait que tu as des idées de derrière la tête...

C'était vrai et faux. En réalité, Huguette était celle de ses sœurs, en dehors de Mimi, que Coco préférait, peut-être parce que c'était une pâte molle, un peu dans le genre de Roberte, mais en plus jeune. Elles étaient trois de ce type-là, à ressembler à la mère : Roberte, Clotilde, l'institutrice, et Huguette, tandis que les autres tenaient plutôt de Guillaume Adelin.

En attendant, Coco s'était glissée sous les draps en soufflant :

— Recule, qu'il fait froid dehors...

— Tu veux dormir ici ?

— Mais non... N'aie pas peur... Je veux seulement te demander si tu n'as rien à me dire... Ne parle pas trop vite... Prends ton temps... Réfléchis bien...

— Mais...

— Réfléchis... Pense à toutes les choses qui se sont passées depuis quelques jours et même depuis quelques semaines, et demande-toi si tu n'as rien à me dire...

– Je ne comprends pas...

– Regarde-moi dans les yeux...

– La lumière me fait mal...

– Tant pis !... Regarde-moi quand même... Il n'y a que la lumière qui te gêne ?...

– Coco, je t'assure...

– Non ! Ne pleure pas... Sinon... Je te pince tant que tu sois raisonnable...

– Je ne sais même pas de quoi tu veux parler...

– Supposons que je veuille parler de Gérard...

Coco vit le visage de sa sœur s'empourprer et continua, impitoyable :

– Tu commences à comprendre ce que je veux dire ?... Je vais te donner un exemple... Quand tu as amené Gérard à la maison, qu'est-il arrivé ?

– Mais... Je ne sais pas...

– Tu me dégoûtes, ma fille... Je te croyais plus franche que ça... Quand tu as amené Gérard à la maison, il est arrivé que cela a fait envie à Rolande et qu'elle s'est démenée pour te le chiper... Cela a commencé quand papa lui a dit de jouer du piano et qu'elle a chanté faux exprès... Ensuite, elle est allée chez lui sous prétexte de s'assurer de ses intentions à ton égard et, ma foi, elle a fini par l'avoir... Qu'est-ce que tu penses de ça ?

Huguette se contenta de pleurnicher.

— Roberte, elle, a agi par bêtise... Elle n'a vu que le moyen d'équilibrer sa fin de mois et elle est allée demander de l'argent à Gérard au risque de le dégoûter d'entrer dans une famille de mendiants. Ce n'est pas joli non plus, mais cette vieille Roberte n'y peut rien.

— Où veux-tu en venir ?

— Je ne sais pas au juste... À force de penser toute la journée, je me suis souvenue de certaines choses... Alors, quand j'ai su que tu as dit tout à l'heure :

« — ... C'est peut-être de ma faute... »

« ... j'ai réfléchi à nouveau et je me suis demandé...

— Qui est-ce qui t'a répété ?... C'est encore cette Mimi, je parie.

Et, boudeuse, elle se tourna vers le mur.

— Regarde-moi, Huguette... Fais attention... Si tu ne me regardes pas je te pince... Et tu sais que quand je pince...

— Qu'est-ce que tu veux, à la fin ?

— Que tu me dises la vérité...

— Quelle vérité ?

— Écoute... La première fois que Gérard est venu s'asseoir dans la même loge que nous, au cinéma, où s'est-il placé ?

— Je ne me souviens pas...

— Mais si, ma fille, tu t'en souviens... Il s'est

placé entre nous deux... Et je vais ajouter quelque chose... Ce soir-là, j'ai eu l'impression très nette que c'était pour moi qu'il était là...

Huguette s'était dressée, toute pâle, les yeux écarquillés.

– Tu vois, fit Coco, que tu te souviens. Et tu dois te rappeler que la semaine suivante, c'est toi qui t'es mise au milieu, si bien que j'ai été séparée de lui... Ce soir-là, j'ai vu que vos mains se rejoignaient dans l'obscurité...

– Je n'ai pas à le cacher...

– Non ! Bien sûr... Seulement... Rolande te l'a quand même chipé, n'est-ce pas ?... Alors, si, maintenant, tu éprouvais le besoin de parler...

Au lieu de cela, ce furent des sanglots convulsifs. De temps en temps, Huguette écartait ses mains qui couvraient son visage et lançait à Coco un regard effrayé.

– Je n'ai rien fait..., bégaya-t-elle. Je le jure...

– Alors, si tu n'as rien fait, pourquoi pleures-tu ?

– J'ai seulement répondu à une question qu'il m'a posée...

– Quelle question ?

– Il m'a demandé ton âge...

– Et qu'as-tu répondu ?

Il fallut trois bonnes minutes avant qu'Huguette reprît son souffle et osât avouer :

– Quinze ans...

Du coup, Coco sortit du lit, très maîtresse d'elle.

— Eh bien, ma fille, c'est du joli…

— Je ne sais pas pourquoi j'ai dit ça…

— Mais si ! Mais si ! Tu le sais fort bien…

— Je l'aimais déjà… Et toi tu ne l'aimais pas…

— Qui te l'a dit ?

— Tu l'aimais ?

— Cela ne regarde que moi…

— Coco, je te demande pardon…

— Il est bien temps !… Ainsi, il a cru que j'avais quinze ans, que j'étais une petite fille et, naturellement, il n'a pas osé… Tu mériterais que, pour te punir, je te fasse épouser M. Rorive.

— Hein ?

— Il faut bien que je l'épouse, moi !

— Qu'est-ce que tu racontes ?

— Est-ce qu'il vaut mieux vendre la maison et tout le saint-frusquin ? Tu n'as pas vu dans quel état ça met pappi ?… tandis qu'en épousant M. Rorive…

— Tu l'as vu… Tu lui as parlé ?…

— Bien sûr… Il m'a dit que si on l'épouse…

— Tu as accepté ?

— J'ai d'abord demandé à Rolande, mais elle n'a pas voulu… Ce serait pourtant à elle de le faire, vu que maintenant ce n'est plus qu'une jeune fille avec tache…

— Tais-toi !

— Comme tu ne voudras pas non plus…

— Coco !

— Dors, va ! On causera de tout ça demain… Sans compter que je n'ai pas mis mes pantoufles et que je m'enrhume…

En effet, elle éternua trois fois, redescendit au premier, se glissa dans son lit, oubliant que Mimi y était toujours.

— Qu'est-ce qu'elle a dit ?

— Cela ne te regarde pas !

Et Mimi, à moitié endormie, de menacer néanmoins :

— C'est bon ! Je ne te raconterai plus rien…

— Pousse-toi !

— Alors, ne mets pas tes pieds sur moi…

Quant à Coco, elle ne parvint pas à s'endormir car, jusqu'à trois heures du matin, au moins, elle entendit les pas de son père dans le bureau. En plus, elle sentait qu'elle avait attrapé un rhume de cerveau.

VI

— Il est parti ?

— Oui…

— Il n'a rien dit ?… Il était comme toujours ?…

C'était le matin et la maison avait commencé à se vider de son monde. Pappi, le premier, s'était dirigé vers le lycée, avec sa raideur, sa solennité habituelles. Mme Adelin, de son côté, avait pris le train pour Le Havre, où elle avait une sœur avec qui elle était brouillée depuis quinze ans mais à qui elle n'espérait pas moins soutirer un peu d'argent.

Élisabeth et Huguette sortirent ensemble, comme elles le faisaient le plus souvent, et il ne resta dans la maison que l'aînée et les benjamines, Roberte en bas, dans la cuisine qu'elle n'arrivait plus à mettre en ordre depuis qu'elle savait que rien ne leur appartenait plus, les jumelles au premier, dans leur chambre.

Car Coco avait décidé d'être malade. Son

rhume lui en donnait le prétexte et elle avait assez de couleurs pour faire croire à de la fièvre.

– Tu es sûre qu'il n'y a plus en bas que Roberte ? Ouvre la fenêtre…

– Mais…

– Je te dis d'ouvrir la fenêtre !… Bon… Regarde au coin de la rue si tu n'aperçois pas M. Rorive…

– Il y a un petit homme comme lui, oui…

– Que fait-il ?

– Rien ! Il a l'air d'attendre…

– Il m'attend ! Je suis sûre qu'il va passer sa journée et celle de demain à attendre ma réponse… Ferme la fenêtre… Viens ici… Regarde-moi…

– Qu'est-ce qu'il y a ?

– Es-tu capable, toi, si j'avais un amoureux, de ne pas essayer de me le chiper ?

– Pour qui me prends-tu ?

– Ça, ma vieille, tu es une Adelin comme les autres, n'est-ce pas ? Je ne sais pas si nous descendons de Guillaume le Conquérant, ainsi que papa l'affirme, mais pour ce qui est d'être un peu sauvages… Va fermer la porte… Assieds-toi au bord du lit…

Coco donna enfin ses instructions, sans quitter Mimi du regard.

– C'est la troisième maison de la rue de l'Éperon, tu entends ? Une épicerie… Lui, c'est au premier… S'il n'est pas là, tu y retourneras toutes les demi-heures, jusqu'à ce qu'il vienne… Quand tu le verras, tu lui diras que ta sœur Colette… Non ! dis Coco… Cela vaut mieux… Tu lui diras que ta sœur Coco est fiancée depuis hier avec M. Rorive et qu'aujourd'hui elle est au lit, très malade…

– Tu es très malade ?

– Occupe-toi de tes affaires !… Naturellement, ce n'est pas la peine de lui dire que tu viens de ma part… Au contraire !… S'il te demande qui est à la maison pour le moment, réponds qu'il n'y a que moi et Roberte… Et encore, il faudra que Roberte sorte pour faire le marché…

– Et moi ?

– Toi, tu attendras dans la rue ou dans le jardin…

– C'est gai !

– Va te coucher sous la tente, si tu veux. Tu as tout compris ?

– Bien sûr, que j'ai compris… Et si c'est un homme comme Roberte prétend qu'il est, un homme qui essaie de m'embrasser ?…

– N'aie pas peur…

– C'est tout ?

– C'est tout !

– Quel chapeau dois-je mettre ?

– Le plus moche… C'est quand même plus

sûr… Et surtout, s'il te demande mon âge, dis-lui bien que j'ai seize ans et demi, presque dix-sept…

– Seize ans et quatre mois ! rectifia Mimi.

– C'est assez !… Maintenant, va vite…

Et Coco s'enfonça dans les couvertures dont elle jaillit soudain pour aller se faire une beauté devant son miroir.

– Tu mangeras, toi ? monta lui demander Roberte.

– Non ! Je ne me sens vraiment pas bien…

– Alors je crois que ce n'est pas la peine que je cuisine… Personne ne mange ! Hier au soir, on a tout laissé dans les assiettes…

– Fais quand même à manger comme les autres jours.

– Pourquoi ?

– Par dignité, tu comprends ? Pour ne pas avoir l'air !

Et Coco se recoucha, attendit, le regard au plafond. Elle entendit sa sœur aînée qui allait aux provisions et elle fut seule dans la maison. Chaque fois que des pas résonnaient sur le trottoir, elle jaillissait des draps et courait à la fenêtre, mais quand, une heure plus tard, une clef fut introduite dans la serrure, c'était Roberte qui rentrait avec sa viande et ses légumes.

– Tu ne veux pas que je te monte un verre de lait chaud ? lui criait-elle d'en bas.

— Je ne veux rien…
— Cela va mieux ?
— Cela va très mal…

Et elle s'enferma à double tour, se coucha, le nez contre le mur, les yeux ouverts, fixant une fleur de la tapisserie qui, vue de la sorte, avait l'air d'un chevalier du Moyen Âge.

Enfin il y eut des pas dans le corridor. On courut dans l'escalier et la voix essoufflée de Mimi fit derrière la porte :

— Ouvre vite… C'est moi…

Elle se laissa tomber sur le bord du lit et prononça aussitôt :

— Mon pauvre Coco…
— Qu'est-il arrivé ? Tu l'as vu ? Qu'est-ce qu'il t'a dit ?
— À moi, rien…
— Il n'a pas voulu te recevoir ?
— Il ne m'a même pas vue…
— Mais…
— Laisse-moi parler… Je suis d'abord allée rue de l'Éperon et on m'a annoncé qu'il n'était pas chez lui… Alors j'ai fait un petit tour dans le quartier, pour lui donner le temps d'arriver… La deuxième fois, il n'y avait encore personne… Enfin, la troisième…
— Vite !
— Eh bien, la troisième, il y était… Mais on m'a prévenue qu'il y avait une dame chez lui…

J'ai demandé comment elle était… J'ai compris que c'était Huguette… Même qu'on m'a parlé de son manteau vert et de son chapeau rouge…

Mimi n'avait pas fini que Coco était hors du lit, qu'elle arrachait son pyjama, qu'elle commandait :

– Passe-moi ma chemise, mes bas. ma ceinture… Vite, Mimi !… Par exemple, c'est trop fort !… Elle va voir la Huguette. Ma combinaison, maintenant… Ma robe bleue… Vite, te dis-je !…

Ébouriffée, elle cherchait le peigne, le passait rageusement dans sa toison touffue, se faisait presque peur à elle-même à force de se regarder tragiquement dans la glace.

– Cette fois-ci, tu comprends, je finis par croire que c'est une maladie de famille ! Quand je pense…

– Qu'est-ce que tu vas faire ?

– Moi ?… Moi ?… Tu me demandes ce que je vais faire ?…

Un silence… Sa fièvre menaçait de tomber. Enfin elle avouait :

– Je ne sais pas… Je… Regarde vite qui sonne… Mais regarde vite, pour l'amour de Dieu !…

Mimi se penchait.

– Il y avait deux personnes, mais je ne vois plus qu'Huguette. Voilà… Elle est rentrée, elle aussi…

— Mimi…

— Quoi ?

— Ferme la fenêtre… Ferme la porte à clef…

Et Coco arrachait sa robe, la jetait dans un coin, se jetait sur son lit, se couvrait jusqu'au cou.

— On monte ?

— Oui…

— Cache ma robe et mes souliers… Ouvre, maintenant !… Va me chercher du lait et verses-y de la teinture d'iode.

— Qu'est-ce que tu dis ?

— Enlève ma combinaison qui est au pied du lit.

Ouf ! Mimi ne savait plus où elle en était quand elle vit surgir dans l'encadrement de la porte la silhouette de Gérard.

— Est-ce que votre sœur ?… commença-t-il d'une voix hésitante.

Il apercevait le lit, s'approchait sur la pointe des pieds, comme on approche d'un grand malade, et Coco devait faire un effort pour ne pas éclater de rire.

Mimi, sans perdre un instant, sortait de la pièce et refermait la porte, après avoir adressé un signe à sa sœur.

— Vous ne vous sentez pas mieux ?… articulait Gérard après avoir toussoté.

— Et vous ? demanda-t-elle en entrouvrant les yeux d'un air dolent.

— Moi ? Je n'ai jamais été malade…

— Je croyais…, souffla-t-elle.

— Écoutez-moi, Coco… J'espère que vous êtes en état de m'entendre ?… Il le faut… Votre sœur Huguette sort de chez moi… Elle m'a tout dit…

— Qu'est-ce qu'elle a dit ?

— La vérité… Que vous m'aimiez depuis le premier jour… Qu'elle m'avait menti sur votre âge, parce qu'elle m'aimait, elle aussi… Que vous allez vous sacrifier pour votre famille et épouser cet individu qui… cet individu que…

Elle n'osait pas le regarder, par crainte de sourire. Et lui, embarrassé, ne savait plus que dire. Il bafouillait :

— Je sais bien que vous ne me comprendrez pas… J'ai toujours vécu avec ma mère, qui est très jalouse, et je n'ai pas l'habitude des jeunes filles… Quand je vous ai vue…

— Eh bien ! dites !

— C'est pour vous que je suis allé m'asseoir dans la loge… Seulement, votre sœur…

— Elle me le paiera ! grommela Coco très bas.

— Qu'est-ce que vous dites ?

— Je sais que ma pauvre sœur n'est pas responsable…

— Non ! Je finis par croire que le seul responsable c'est moi… Je n'ai pas eu le courage de me déclarer… L'idée que vous n'aviez que quinze ans me faisait craindre le ridicule… Alors pour vous voir malgré tout…

— Vous faisiez la cour à Huguette !

— Mais…

— Et vous emmeniez Rolande en auto… Encore heureux que toute la famille n'y ait pas passé !…

Il était ahuri de ne plus la trouver languissante. Elle avait rejeté les draps qui la couvraient jusqu'au menton. Elle riait. Elle se jetait au cou de son compagnon, en disant :

— Imbécile !

— Vous n'êtes pas malade ?

— Un peu… Oui, je crois que je suis un peu malade… Mais ce n'est pas tout ça !… Elle vous a dit mon âge, ma très chère sœur ? Elle vous a dit que j'avais près de dix-sept ans ?

— Elle m'a tout dit… Elle m'a demandé pardon…

— Au fait, vous croyez que c'est convenable que vous restiez dans une chambre de jeune fille ?

— C'est-à-dire qu'une chambre de malade…

— Oui, mais je ne suis plus du tout malade… Enfin ! Je ferai semblant… Vous n'avez pas peur ?

— De quoi ?

— De moi ! Parce que j'aime mieux vous dire tout de suite que cela n'ira peut-être pas comme sur des roulettes... J'ai des idées assez précises sur ce que je veux faire... Je suis terriblement têtue...

Il se contentait de sourire d'un air attendri.

— Bon ! Je vois que vous êtes résigné... Par exemple, nous n'habiterons jamais la vieille bicoque de vos aïeux, ni votre manoir pour films historiques... À propos de maison...

Elle laissa sa gaieté de côté et regardait son compagnon dans les yeux.

— Vous savez pourquoi j'épousais M. Rorive ?

— Huguette me l'a laissé entendre...

— Il est bon que vous le sachiez exactement car c'est vous qui allez devoir arranger cette histoire de maison... Vous m'achetez, en somme, pour soixante mille francs.

— Coco !

— Quoi, Coco ? Vous m'auriez peut-être eue pour rien, mais ce n'est pas ma faute si ma famille a besoin d'une tanière... Vous ne pouvez pas comprendre, mon pauvre Gérard !... Ne faites pas attention... Ce matin, je suis un peu folle... Ah ! encore une chose que j'oubliais : nous ne vivrons jamais à Caen...

— Pourquoi ?

— À cause de mes sœurs... Je ne tiens pas à ce que ça recommence, vous comprenez ?... Sans compter qu'il y a votre mère...

— Eh bien ?

— On se marie tous les deux, et non pas avec votre mère, mes sœurs et toute la tribu… D'accord ?

— Mais…

— Pas de mais ! D'accord ?

— D'accord, oui…

Alors, elle lança :

— Eh bien, mon vieux !

Il la regarda sans comprendre.

— Quand je dis : « Eh bien, mon vieux… » c'est un rude compliment, je vous prie de le croire… À première vue, comme ça, vous n'avez pas l'air d'un caractère… Mais, pour ce qui est d'avoir de la suite dans les idées !… Et pour ce qui est de ne pas se laisser écœurer… Mon pauvre Gérard !

Elle oubliait qu'elle était en chemise et elle s'élançait vers lui, l'embrassait sur les joues d'abord, puis au beau milieu, en pleine bouche, de ses lèvres qui brûlaient.

À ce moment ses yeux brillèrent, mais ce n'était plus la fièvre, c'était une chaleur humide qui les envahissait et elle éprouva le besoin d'affirmer, redevenant une petite personne posée :

— Vous verrez qu'on fera quelque chose de vous !… Maintenant, laissez-moi m'habiller… Huguette va aller chercher Rolande…

Elle ouvrit la porte, cria dans l'escalier :

— Roberte ! Roberte ! Il faut que tu prépares un déjeuner soigné… Mais si !… Fais vite…

Elle adressa à Gérard un signe qui voulait dire :

— Attention ! Vous allez voir…

En effet, elle vit monter une Roberte effrayée, une Roberte qui prenait sa sœur à part pour lui souffler :

— Avec quel argent ?

— De l'argent ! Toujours de l'argent !

— Chut !… Coco !…

— Eh bien, quoi, Coco ? Si tu crois que Gérard nous prend pour des millionnaires…

Et elle commanda, péremptoire :

— Donnez-lui cent francs d'acompte sur les soixante mille, qu'elle nous prépare un bon repas… Maintenant, qu'on me laisse m'habiller…

Elle aperçut Mimi dans le couloir. Elle se ravisa, questionna :

— Où est Huguette ?

— Dans le salon…

— Bon ! Dans ce cas — et elle désigna Gérard — surveille-le !

Mais elle se ravisa encore en regardant Mimi et déclara :

— Ou plutôt non !… Je ne me fie plus à personne. Entrez là, Gérard, et attendez que je sois prête…

Sur quoi elle ferma la porte à double tour.

– Maintenant, toi, va annoncer à M. Rorive qu'il n'y a plus personne de disponible pour lui dans la maison…

Après quoi elle put enfin s'habiller en chantant faux et en frappant parfois de petits coups sur le mur qui la séparait de Gérard.

LE CHÂLE
DE MARIE DUDON

Il devait être un peu moins de deux heures ; le réveil, sur la cheminée de marbre noir, était arrêté. Marie Dudon avait eu le temps de faire sa vaisselle.

– Tu t'en vas tout de suite ?

– Pourquoi ?

– Je voudrais que tu gardes le petit cinq minutes, le temps de descendre chercher de l'eau pour ma lessive…

Ils habitaient le second étage et le robinet se trouvait sur le palier de l'entresol. C'était le plus fatigant, surtout avec un bébé : les biberons à bouillir, les langes à laver. Il semblait à Marie Dudon qu'elle ne faisait que monter et descendre avec des brocs toute la sainte journée.

– Merci. Tu peux aller. Tu rentreras tard ?

– Ça dépendra. Si l'on fait la queue…

Dudon allait toucher son chômage. Le bébé dormait, les joues marquées d'un disque rouge et brûlant. Une bonne chaleur remplissait le logement. On était le 3 octobre, et c'était la première fois que Marie Dudon avait allumé du feu ; l'été on se contentait du réchaud. Des braises tombaient en pluie dans le cendrier. L'eau chantait dans la bouilloire.

Marie Dudon installa deux chaises devant la fenêtre, posa dessus sa bassine en émaillé, versa l'eau chaude et se mit à sa savonnée. Elle avait tiré les rideaux. Il pleuvait. Déjà trois jours qu'il pleuvait et que le ciel était d'un blanc uniforme. La fenêtre donnait sur les cours et les jardins et sur le derrière des maisons de l'autre rue.

La plupart des façades étaient en briques lisses et rejointoyées, quelques-unes, même, en pierre de taille. Mais, derrière, on ne voyait que des murs d'un brun noirâtre. Des fenêtres n'avaient pas de rideaux. Des murs bas coupaient le terrain libre en jardins rectangulaires. La terre était noire. Quelques choux d'un vert cru, quelques poireaux bleutés, des poubelles, quatre ou cinq poules derrière un treillage, chez les Masson ; une serre glauque chez les Chevillard, à droite.

À force d'être plongées dans l'eau chaude et savonneuse, les mains de Marie Dudon étaient d'un blanc squameux. Elle frottait le linge. Tout en frottant, elle regardait devant elle, vaguement, sans penser. Ou plutôt elle pensait… Mais était-ce penser ? Une sensation la poursuivait du matin au soir et parfois dans son lit : elle avait mal au dos. Cela provenait des deux étages à monter et à descendre avec les eaux, avec les provisions, avec le bébé qui avait près d'un an et qui pesait dix kilos, à tel point que, quand elle le tenait sur les bras, elle était comme tordue, une hanche en dehors, le ventre en avant.

– Voilà Mme Cassieux qui va lui donner son médicament…

Il y avait, de l'autre côté des jardinets et des cours, une maison plus importante que les autres, dont la façade donnait rue de la Constitution : la maison des Cassieux qui possédaient, en ville, une entreprise de déménagement. Le vieux Cassieux était dans son lit, au premier étage, de sorte que, malgré les brise-vue des fenêtres, Marie Dudon le voyait très bien, d'un regard plongeant. Il avait sa crise de goutte, depuis quelques jours. Cela le prenait une ou deux fois par an. Une canne était appuyée à son lit et, quand il avait besoin de quelque chose, il en frappait le plancher pour appeler sa femme.

Pourvu que le bébé ne s'éveille pas avant que le linge soit fini !…

M. Cassieux avait soixante-dix ans. C'était l'homme le plus riche du quartier. Il était froid, sévère, avare.

Sa seconde femme, Mathilde Cassieux, avait vingt ans de moins que lui et l'on prétendait…

L'enfant remua. Les mains savonneuses, Marie Dudon chassa une mouche qui s'était posée sur son front et regarda le réveil arrêté. Jamais, dans la maison, il n'y avait eu un réveil marchant bien !

Cassieux, dans son lit, repoussait son journal et parlait. Depuis qu'il était au lit, sa barbe avait poussé. On ne pouvait pas savoir ce qu'il disait, ce que répondait sa femme toujours vêtue de noir. La pluie était longue, particulièrement limpide. Un camion passa dans la rue aux mauvais pavés. Parfois on entendait le tram qui roulait à plus de deux cents mètres de là, dans l'étroite rue Saint-Jean, où il n'y avait pas de semaine sans accident.

Marie Dudon, qui regardait machinalement, s'immobilisa, les mains dans l'eau chaude, puis, sans le vouloir, s'avança vers la fenêtre et observa avec plus d'attention.

Mathilde Cassieux venait de sortir de la chambre et de pénétrer dans le cabinet de toilette, ou plutôt dans la salle de bains, car les Cassieux avaient une vraie salle de bains. Elle tenait un verre. Elle le posait, ouvrait une minuscule armoire ripolinée qui devait être une pharmacie.

Pourquoi ses gestes n'étaient-ils pas naturels ? Pourquoi semblait-elle guetter les bruits de la chambre ? D'un tout petit sachet, elle laissa tomber un peu de poudre dans le verre, et, au lieu de jeter ensuite le papier, elle le glissa dans son corsage. On sentait qu'elle évitait de faire du bruit. Elle ouvrait un robinet, emplissait le verre, regardait en transparence pour s'assurer que la poudre fondait. Pourquoi ?

L'instant d'après, tenant le verre, elle rentrait dans la chambre et elle parlait. Que disait-elle ? Son mari, les traits crispés par une douleur, fixait le plafond. Sur la table de nuit, des fioles étaient rangées. Elle en prit une, compta les gouttes qui tombaient dans le verre.

— Bois…

Elle soutenait la tête de Cassieux. Il buvait avec une grimace de dégoût. Puis, du tour de main que donne l'habitude, elle lui arrangeait son lit. C'était l'heure où il allait dormir. Elle le couvrait, le bordait, s'approchait de la fenêtre pour descendre le store de toile écrue qui tamisait la lumière.

C'est au moment où elle allait descendre le store… Elle venait de détacher la corde… Elle leva la tête et aperçut Marie Dudon qui n'eut pas le temps de reculer son visage collé à la vitre… Leurs regards se croisèrent…

Entre elles, des jardinets sous la pluie, un pêcher sans feuilles, des choux, des poireaux et des murs de brique. Un grand silence hachuré d'eau. Cassieux devait se demander pourquoi le geste de sa femme restait ainsi en suspens. Sans doute parla-t-il, car elle se retourna pour lui répondre, mais, bien vite, son regard revint à Marie Dudon, qui, de loin, paraissait plus pâle et plus mal portante.

Enfin, le store, frangé de glands, descendit. De glauque qu'elle était, la fenêtre devint jaune. Marie Dudon ne bougeait toujours pas.

Pourquoi ? Pourquoi, avant de laisser tomber dans le verre les gouttes du médicament qui se trouvait sur la table de nuit, Mme Cassieux avait-elle délayé une poudre dans l'eau ? Pourquoi avait-elle enfoui le papier dans son corsage ? Pourquoi, maintenant qu'elle avait refermé la porte de la chambre, s'approchait-elle de la fenêtre de la salle de bains et regardait-elle, comme pour s'assurer que Marie Dudon avait pu la voir ?

– Mathilde l'a empoisonné !

Marie Dudon n'avait jamais été mêlée à un drame. Elle ne lisait pas les journaux. Et pourtant, elle acceptait le fait sans émotion. Tout le monde ne savait-il pas que Mathilde avait épousé le vieux Cassieux pour son argent ? Or, Cassieux était avare, méchant, difficile à vivre. Sans doute n'avait-elle pas eu la patience d'attendre…

Marie poussa un soupir et revint vers sa bassine où l'eau s'était refroidie. Elle y ajouta de la chaude, eut un coup d'œil pour l'enfant qui dormait toujours. On prétendait que toute la rue de la Commune appartenait à Cassieux, qui possédait encore des maisons dans un autre quartier. Personne n'était aussi intransigeant que lui sur la question des loyers.

Allait-il vraiment mourir ?

Il devait être plus de deux heures et demie. Il était temps de préparer le biberon. Marie Dudon s'essuya les mains à son tablier de grosse toile bleue, soupira comme elle soupirait cent fois par jour, sans raison, ou, plutôt, parce qu'un travail succédait à un autre travail, puis un autre encore, et ainsi du matin au soir, sans répit, sans qu'il fût jamais possible d'être enfin à jour.

– Elle m'a vue…

Mathilde Cassieux ne la saluait pas. Elle devait la connaître comme on connaît les gens du quartier, mais ce n'était pas la femme à entretenir des rapports avec une Marie Dudon. Elle ne savait pas non plus que Dudon était en chômage depuis que sa banque avait fait faillite et que le directeur était en prison.

Que faisait-elle, à cette heure ? Attendait-elle tranquillement l'effet du poison ? Elle n'avait pas beaucoup de travail, puisqu'elle avait deux bonnes. Sans doute était-elle assise dans son salon qui donnait sur la rue ?…

Si Cassieux mourait ce jour-là…

– Je parie qu'elle va venir, pensa soudain

Marie Dudon, ne serait-ce que pour savoir si j'ai réellement vu, si j'ai compris…

Et elle ouvrit la porte de la chambre à coucher qui sentait le linoléum. Il y faisait plus clair que dans la cuisine. Le papier de tenture était jaune à fleurs rouges. Marie Dudon ouvrit la fenêtre et regarda dans la rue déserte.

C'était à croire qu'elle avait eu un pressentiment. Juste à ce moment, Mathilde Cassieux, chapeautée, les mains gantées de gris, tournait le coin. On aurait juré qu'elle parlait toute seule en marchant. Ses lèvres remuaient, comme à l'église les lèvres des dévotes. Elle ne regarda pas en l'air. À quelques mètres du 29, où habitaient les Dudon, elle marqua un temps d'arrêt.

Et Marie se demanda, consciente que le temps pressait :

— Qu'est-ce que je vais réclamer ?

L'enfant se mit à pleurer et, d'impatience, elle eut mal dans la poitrine. Est-ce que Mathilde Cassieux n'allait pas sonner ? Elle monterait l'escalier. Marie la ferait asseoir, sans rien dire. Elle attendrait, polie, très polie…

Et le bébé qui ne se taisait pas ! Marie se pencha à la fenêtre à l'instant où une voix disait, sur le seuil :

— Bonjour, madame Cassieux…

Penchée de plus en plus, Marie vit très bien que la Cassieux sursautait. Puis elle aperçut sa propriétaire, un torchon à la main, sans doute occupée à laver son corridor à grande eau.

– Bonjour, madame Rorive…

Ce fut tout. Mme Cassieux s'éloigna. À cause de cette porte ouverte ! À cause de ce poison de Mme Rorive qui lavait justement son corridor ! L'autre n'avait pas osé…

Marie Dudon referma la fenêtre en soupirant et retira du berceau le bébé qu'il fallait changer. Elle réfléchissait. Tout le reste de la journée, elle eut le même air absorbé.

– Qu'est-ce que tu as ? questionna son mari quand il revint, vers cinq heures.

– Rien… Ne t'inquiète pas… Au fait, va donc voir si les volets de chez Cassieux sont fermés…

Parce que, s'ils étaient fermés…

Ils le furent, un peu avant six heures, et Georges Dudon aperçut le médecin des morts qui sortait de la maison et qu'accompagnait jusqu'au seuil une Mathilde Cassieux aux yeux rouges.

Marie Dudon fut deux heures au moins sans trouver le sommeil, et elle entendait le murmure d'une pluie molle. Quand elle s'éveilla en sursaut, il faisait encore nuit et un vrai déluge crépitait sur le toit, sur la corniche et sur les vitres des fenêtres.

Elle n'avait rien dit à son mari. Il valait mieux ne rien lui dire. Depuis trois mois qu'il était en chômage, il n'était pas le même homme et il arrivait souvent à Marie de l'épier avec inquiétude. Certains soirs, elle s'était demandé s'il ne buvait pas.

Il était capable de s'en mêler et, peut-être, de tout gâcher ! Non ! c'était une affaire à régler entre femmes. Tout à l'heure, pas trop tôt, pas trop tard, elle sonnerait chez Cassieux. Elle n'aurait même pas besoin de sonner. La porte serait entrouverte et le corps exposé dans une pièce du rez-de-chaussée, entouré de cierges.

Mathilde Cassieux comprendrait. La preuve, c'est qu'elle était venue et que, sans cette vieille bête de propriétaire qui lavait son corridor... Encore une manie de propriétaire : laver le corridor un jour de pluie, pour pouvoir se plaindre, ensuite, que les locataires salissent !

Elle ne demanderait pas d'argent. Et pourtant !... De combien Mathilde Cassieux allait-elle hériter ? Des centaines de mille !... Rien que les maisons...

Eh bien, Marie Dudon demanderait une maison... Sans la demander clairement... Elle était pâle et souffrante depuis quelques jours ; cela la servirait...

« — *Si seulement je pouvais ne plus avoir à monter deux étages avec les eaux, le petit, le charbon... Nous aurions une toute petite maison, deux ou trois pièces, avec un jardinet...* »

Sa belle-sœur avait acheté un pavillon de ce genre qui lui avait coûté quarante mille francs. Il est vrai qu'il y avait eau, gaz, électricité et tout-à-l'égout !

Et si Mathilde lui offrait une somme ?

Si, en revanche, elle feignait de ne pas comprendre ? Alors, Marie Dudon la regarderait dans les yeux. Elle dirait, par exemple :

« – *Peut-être que si le médecin examinait de plus près ce pauvre M. Cassieux…* »

Le bébé se mit à pleurer. Elle lui donna le sein, dans son lit, tandis que son mari se retournait en grognant. Elle donnait le sein trois fois par jour et, les autres fois, des biberons. Elle n'était pas assez forte. Elle n'avait jamais été forte.

– Sale temps ! dit Georges un peu plus tard, quand le jour se leva.

La pluie tombait de plus belle. Des deux côtés de la rue, les ruisseaux, gonflés et jaunâtres, faisaient un bruit de torrent. Des ouvriers encapuchonnés longeaient les murs pour se rendre à leur travail. Le cheval de la marchande de lait était aussi détrempé qu'au sortir d'une rivière, et la marchande s'était mis un sac sur la tête. Les uns après les autres, les voisins s'en allaient pourtant à leur travail, baissant la tête, courbant l'échine, le col relevé.

Derrière le store des Cassieux, il y avait de la

lumière. Est-ce que le corps était toujours dans la chambre ?

– C'est en bas, dans le grand salon, qu'on installera la chapelle ardente ? dit Marie en versant le café dans les bols.

– Qu'est-ce que ça peut me faire ?

Une ombre de sourire erra un instant sur les lèvres pâles de la femme. Il ne savait pas ! Il ignorait que ce mort-là représentait une maison, davantage peut-être, leur fortune...

– Qu'est-ce que tu fais, Marie ?

– Je m'habille...

– Pour aller faire ton marché ? Tu mets ton bon manteau par un temps pareil ?

– Je passerai à la maison mortuaire...

– Tu ne les connais pas...

Toujours des obstacles ridicules. Quand Georges travaillait, elle ne pouvait aller nulle part à cause du petit qu'il fallait garder. Même ses courses, qu'elle ne faisait qu'en coup de vent, pendant qu'une voisine veillait sur l'enfant. Maintenant, son mari était fourré toute la journée à la maison, et, du matin au soir, c'étaient des questions :

– Qu'est-ce que tu fais ?... Où vas-tu ?... Pourquoi t'habilles-tu ?...

À présent il ricanait :

– Pour aller chez ces gens-là, que nous ne connaissons pas et à qui nous ne devons rien, ton châle est bien bon… Je n'ai pas envie que tu abîmes un manteau et des souliers presque neufs…

– Tu ne veux pourtant pas que j'y aille en sabots ?

– Pourquoi pas ?… En tout cas, tu as tes vieux souliers…

De vieux souliers noirs à brides, dont les talons étaient tournés !

Est-ce qu'elle eut tort de ne pas insister ? Cela aurait sans doute été pis ! Depuis quelque temps, Georges se fâchait pour un oui ou pour un non. Ce n'était pas le moment de provoquer une scène !

Elle s'habilla, enveloppa ses épaules du châle en laine noire qu'elle mettait pour faire ses courses dans le quartier. Elle prit son sac à provisions, son parapluie. Quand elle descendit les deux étages, elle ressentit une angoisse : pourvu qu'elle réussisse ! Pourvu qu'elle n'ait plus, dorénavant, à monter les eaux, le charbon, le bébé. Elle se demandait soudain comment elle avait pu le faire si longtemps. Elle ne s'en sentait plus le courage.

Elle rasa les murs, penchée en avant, tenant son parapluie oblique. Sa jupe, après quelques pas, était déjà détrempée et collait à ses jambes. Ses souliers prenaient l'eau.

Puisque Mathilde Cassieux allait hériter de centaines de milliers de francs, n'était-il pas juste… ?

Elle tourna le coin, parcourut encore une centaine de mètres et s'arrêta, le cœur battant, devant le seuil de trois marches, devant la porte de chêne à double battant. Comme elle l'avait prévu, la porte était contre. Elle n'eut qu'à la pousser et elle se trouva, un peu dépaysée, dans un vaste corridor dallé de marbre blanc. Au fond, une des bonnes l'observa à travers les vitres de sa cuisine, et Marie n'osa pas déposer son parapluie dégouttant d'eau dans le porte-parapluie en cuivre repoussé.

Une porte, à gauche, s'ouvrit. Une personne que Marie ne connaissait pas, une parente éloignée, vraisemblablement, la regarda comme pour l'inviter à entrer.

La chapelle ardente n'était pas encore installée. On avait fermé les volets, caché avec des draps les meubles du salon. Quatre cierges brûlaient et le mort était étendu, mains jointes, le menton entouré d'une serviette, sur une table qu'un drap de lit recouvrait.

Un jeune homme en noir, mince, élégant, regarda Marie Dudon de ses yeux rougis, et elle eut l'impression qu'il regardait particulièrement son châle. Bravement, elle saisit le brin de buis qui trempait dans l'eau bénite et traça une croix dans l'air, au-dessus du corps.

Elle n'avait pas encore vu Mathilde Cassieux. Il est vrai qu'elle n'osait pas trop regarder autour d'elle. Personne ne lui parlait. Elle était là, debout, les oreilles bourdonnantes, les yeux brouillés par la flamme tremblante des cierges.

Il y avait peut-être cinq personnes dans la pièce. La porte de la pièce suivante était entrouverte et, quand elle se tourna de ce côté, Marie Dudon aperçut Mathilde Cassieux qui l'observait de loin. Elle était dans une salle à manger. Il y avait une nappe, des couverts sales sur la table.

Pourquoi Mathilde ne l'appelait-elle pas, ne lui faisait-elle pas signe ? Elle se contentait de poser sur elle un regard indéchiffrable et, un instant, Marie Dudon se demanda si elle ne ferait pas mieux de s'en aller.

L'eau de son parapluie formait déjà une flaque sur le parquet encaustiqué. Son châle plébéien la gênait, et aussi le fait d'être venue sans chapeau, comme une femme des halles.

Entrer dans la salle à manger sans y être invitée, elle ne l'osait pas. Mathilde Cassieux ne faisait rien pour l'aider. Alors, elle sortit de la chambre mortuaire et, seule dans le corridor dallé de marbre, elle se dirigea vers la cuisine.

– Qu'est-ce que c'est ? questionna la servante qui épluchait des pommes de terre.

– Je désirerais dire un mot à Mme Cassieux…

– Je ne pense pas qu'elle vous reçoive un jour comme aujourd'hui…

On alla cependant l'annoncer. La servante revint et dit, en montrant une chaise près du poêle :

— Attendez...

Une légère vapeur émanait du châle. Une horloge à balancier de cuivre marquait dix heures et demie. Marie Dudon vit que la cuisinière était surmontée d'un gros réservoir d'eau chaude, ce qui était bien pratique. D'autres gens entrèrent dans la maison et en sortirent après une brève visite. Dans le corridor, Mme Cassieux embrassa quelqu'un en pleurant.

Il était onze heures moins cinq quand une sonnerie, au-dessus de la tête de Marie, la fit tressaillir. La servante se leva, secoua son tablier plein d'épluchures.

— Venez...

Marie fut introduite dans la salle à manger aux chaises couvertes de cuir sombre. La porte de la chambre mortuaire était fermée. Mme Cassieux, tout en noir, se tenait debout dans la pénombre.

— Vous pouvez nous laisser, Françoise...

Et elle resta droite, sans bouger, sans rien dire. La veille, dans son affolement, quand elle s'était dirigée vers la maison des Dudon, elle était décidée à aller jusqu'à cinquante mille francs s'il le fallait. Le matin, elle s'était dit :

— Peut-être qu'avec trente mille... qui sait, vingt-cinq ?...

Maintenant, elle regardait froidement sa visiteuse qui tenait son châle serré sur sa maigre poitrine et qu'embarrassaient son parapluie et son sac à provisions.

— Vous avez demandé à me parler ?

Malgré elle, Marie Dudon eut un faible sourire, le sourire blanc, pourrait-on dire, qu'elle esquissait quand elle éprouvait le besoin de s'excuser. Elle n'était vraiment pas à sa place dans cette salle à manger cossue où tout l'intimidait, entre autres un magnifique poêle à feu visible qui jetait dans la pièce de somptueux reflets rouges.

— J'ai pensé...

— Asseyez-vous...

C'était encore pis, à cause du parapluie qu'elle ne savait comment tenir. Elle en voulut à son mari qui l'avait empêchée de s'habiller comme tout le monde et qui l'avait affublée de cet affreux châle.

— J'habite juste derrière chez vous..., articula-t-elle en se tournant vers le jardin.

— Je sais...

— Au second étage... C'est très fatigant, surtout avec un bébé... Nous n'avons pas l'eau à l'étage...

L'autre demeura de marbre. Ou bien elle ne comprit pas, ou bien elle fit semblant de ne pas comprendre.

— Si nous pouvions trouver un rez-de-chaussée, ou mieux, une petite maison…

— Vous voulez savoir si nous avons un rez-de-chaussée à louer ? Malheureusement, pas pour le moment. Si un départ se produisait…

— C'est que…

Comment lui expliquer qu'elle ne comptait pas payer de loyer, que…

— … Mon mari est en chômage… Il était employé à la banque Baladon et vous n'ignorez pas que M. Baladon est en prison…

Elle venait de trouver le mot sans le vouloir. Elle sauta sur l'occasion, si ardemment que ses lèvres en tremblaient. Elle répéta :

— En prison… En prison, vous comprenez ?… Alors, nous…

Est-ce que Mathilde Cassieux avait seulement tressailli ?

— Vous êtes dans une situation difficile, je comprends… Et je suis toute disposée…

Enfin ! le cœur de Marie Dudon bondit.

— … Toute disposée à faire quelque chose pour vous… Je pourrais, par exemple, demander à notre directeur de prendre votre mari dans les bureaux…

Un silence. Marie Dudon regardait par terre en essayant de se donner du courage. C'était pour la maison qu'elle était venue. La place viendrait après…

— C'est que…

— Je m'excuse de ne pouvoir rester longtemps avec vous. Dans les circonstances pénibles que… Si votre mari veut se présenter cet après-midi rue Théodore-Ballant et demander le sous-directeur. Peut-être aurai-je l'occasion de vous revoir ?…

Elle pressa un timbre.

— Françoise… Vous reconduirez Madame… Quel est votre nom, au fait ?… Vous dites ?… Dudon…

Elle ne fit pas un pas, ne tendit pas la main. En quittant le seuil de la maison, Marie Dudon avait l'air d'une voleuse.

— Ça va, au bureau ?

Et lui, sans enthousiasme :

— Ça va…

— Qu'est-ce qui te chiffonne ?…

— Je ne sais pas pourquoi on me regarde de travers… C'est peut-être une idée ?… Tout le monde est bien poli avec moi… Presque trop poli…

— *Monsieur Dudon*, dit le sous-directeur, *auriez-vous l'extrême obligeance de…* Je me demande s'ils ne se moquent pas de moi.

Et Marie de répliquer avec assurance en regardant vers la maison des Cassieux :

— Ils n'oseraient pas !

Elle les tient ! Elle *la* tient ! Elle a accepté cette place pour son mari parce que, ce matin-là, elle n'était pas à son aise, parce qu'elle n'osait pas, parce que le mort était à côté, surtout parce qu'elle se sentait misérable dans son châle, avec ses mauvais souliers et son parapluie mouillé. Mais rien ne presse ! Après l'enterrement, il sera encore temps. Elle a beau ne pas lire les faits divers, elle sait qu'après plusieurs années on peut exhumer un corps et y retrouver des traces de poison !

Toutes les fois qu'elle monte ses deux étages, elle pense :

— Encore combien de fois ?... Vingt ?... Trente ?... Après, j'aurai l'eau dans ma cuisine et...

Trois jours passent, quatre jours. Les obsèques ont eu lieu. Le soir, Georges rentre agité, l'œil méchant.

— Je lâche la boîte ! gronde-t-il. Cette fois, je suis sûr qu'ils se moquent de moi. Sais-tu ce que j'ai fait toute la journée ?

— Non.

— J'ai coltiné des meubles... Sous prétexte qu'il n'y a pas assez de travail au bureau, le sous-directeur m'a dit comme ça, avec son air trop poli :

« — *Si cela ne vous fait rien, monsieur Dudon,*

vous donnerez dorénavant un coup de main au magasinier…

« Je suis éreinté… Je me suis donné un coup au genou… J'ai fait un accroc à mon pantalon… »

Elle regarde par la fenêtre. Ah ! c'est ainsi…

– Attends ! dit-elle avec décision. Garde le petit pendant une heure…

– Qu'est-ce que tu fais ?

Elle s'habille, elle met ce qu'elle a de meilleur, son nouveau manteau, ses nouveaux souliers, son chapeau de velours gros bleu…

Pendant ce temps-là, son mari, qui balance le berceau du bout du pied, a déployé le journal.

– Je croyais qu'ils étaient catholiques ? remarque-t-il en élevant la voix, car sa femme est dans la chambre voisine.

– Qui ?

– Les Cassieux…

– Pourquoi dis-tu ça ?

– Parce que je lis que les obsèques ont eu lieu ce matin dans la plus stricte intimité et que le corps a été incinéré…

Un silence. Il s'étonne.

– Que fais-tu ?

Il se lève, entre dans la chambre.

– Tu te déshabilles ? Qu'est-ce que tu as ? Il y a un instant, tu…

Elle tend vers lui un visage livide. Un sourire d'une amertume infinie, d'une tragique ironie étire ses lèvres pâles.

— Il y a un instant, oui…, soupire-t-elle.

Elle va ramasser sa vieille robe dans un coin, ses vieux souliers, son châle. Elle hausse ses épaules maigres.

— Il faut que je descende chercher du charbon à la cave… Mais non ! Tu es fatigué… Laisse…

Deux étages, plus l'escalier de la cave. En bas, près du tas de charbon, elle pleure, de rage, d'humiliation.

Avec quelle paisible et froide satisfaction Mathilde Cassieux a-t-elle dû rentrer du cimetière et, debout devant la fenêtre, regarder, par-dessus les jardinets, cette fenêtre du second étage où…

La propriétaire guette Marie dans le corridor.

— Je vous ai demandé cent fois de ne pas descendre chercher du charbon l'après-midi. Vous savez bien que vous salissez le corridor et l'escalier… J'espère que je n'aurai pas à vous le répéter…

— Bien, madame…

À une humiliation près, maintenant !…

DU MÊME AUTEUR

Dans la collection Folio Policier

LE LOCATAIRE (n° 45)

45° À L'OMBRE (n° 289)

LES DEMOISELLES DE CONCARNEAU (n° 46)

LE TESTAMENT DONADIEU (n° 140)

L'ASSASSIN (n° 61)

AU FAUBOURG (n° 158)

CEUX DE LA SOIF (n° 100)

CHEMIN SANS ISSUE (n° 247)

LES TROIS CRIMES DE MES AMIS (n° 159)

LA MAUVAISE ÉTOILE (n° 213)

LE SUSPECT (n° 54)

LES SŒURS DE LA CROIX (n° 181)

LA MARIE DU PORT (n° 167)

L'HOMME QUI REGARDAIT PASSER LES TRAINS (n° 96)

LE CHEVAL BLANC (n° 182)

LE COUP DE VAGUE (n° 101)

LE BOURGMESTRE DE FURNES (n° 110)

LES INCONNUS DANS LA MAISON (n° 90)

IL PLEUT BERGÈRE... (n° 211)

LE VOYAGEUR DE LA TOUSSAINT (n° 111)

ONCLE CHARLES S'EST ENFERMÉ (n° 288)

LA VEUVE COUDERC (n° 235)

LA VÉRITÉ SUR BÉBÉ DONGE (n° 98)

LE RAPPORT DU GENDARME (n° 160)

L'AÎNÉ DES FERCHAUX (n° 201)

LE CERCLE DES MAHÉ (n° 99)

LES SUICIDÉS (n° 321)

LE FILS CARDINAUD (n° 339)

LE BLANC À LUNETTES (n° 343)

LES PITARD (n° 355)

LES NOCES DE POITIERS (n° 385)

TOURISTE DE BANANES (n° 384)

L'ÉVADÉ (n° 379)

LES SEPT MINUTES (n° 389)

QUARTIER NÈGRE (n° 426)

LES CLIENTS D'AVRENOS (n° 442)

LA MAISON DES SEPT JEUNES FILLES
suivi du CHÂLE DE MARIE DUDON (n° 443)

COLLECTION FOLIO POLICIER

Dernières parutions

156. Louis C. Thomas — *Une femme de trop*
157. Robert Littell — *Les enfants d'Abraham*
158. Georges Simenon — *Faubourg*
159. Georges Simenon — *Les trois crimes de mes amis*
160. Georges Simenon — *Le rapport du gendarme*
161. Stéphanie Benson — *Une chauve-souris dans le grenier*
162. Pierre Siniac — *Reflets changeants sur mare de sang*
163. Nick Tosches — *La religion des ratés*
164. Frédéric H. Fajardie — *Après la pluie*
165. Matti Y. Joensuu — *Harjunpää et le fils du policier*
166. Yasmina Khadra — *L'automne des chimères*
167. Georges Simenon — *La Marie du Port*
168. Jean-Jacques Reboux — *Fondu au noir*
169. Dashiell Hammett — *Le sac de Couffignal*
170. Sébastien Japrisot — *Adieu l'ami*
171. A.D.G. — *Notre frère qui êtes odieux...*
172. William Hjortsberg — *Nevermore*
173. Gérard Delteil — *Riot gun*
174. Craig Holden — *Route pour l'enfer*
175. Nick Tosches — *Trinités*
176. Frederic H. Fajardie — *Clause de style*
177. Alain Page — *Tchao pantin*
178. Harry Crews — *La foire aux serpents*
179. Stéphanie Benson — *Un singe sur le dos*
180. Lawrence Block — *Un danse aux abattoirs*
181. Georges Simenon — *Les sœurs Lacroix*
182. Georges Simenon — *Le cheval Blanc*
183. Albert Simonin — *Touchez pas au grisbi !*
184. Jean-Bernard Pouy — *Suzanne et les ringards*
185. Pierre Siniac — *Les monte-en-l'air sont là !*
186. Robert Stone — *Les guerriers de l'enfer*
187. Sylvie Granotier — *Sueurs chaudes*

188.	Boileau-Narcejac	*Et mon tout est un homme*
189.	A.D.G.	*On n'est pas des chiens*
190.	Jean Amila	*Le boucher des Hurlus*
191.	Robert Sims Reid	*Cupide*
192.	Max Allan Collins	*La mort est sans remède*
193.	Jean-Bernard Pouy	*Larchmütz 5632*
194.	Jean-Claude Izzo	*Total Khéops*
195.	Jean-Claude Izzo	*Chourmo*
196.	Jean-Claude Izzo	*Solea*
197.	Tom Topor	*L'orchestre des ombres*
198.	Pierre Magnan	*Le tombeau d'Helios*
199.	Thierry Jonquet	*Le secret du rabbin*
200.	Robert Littell	*Le fil rouge*
201.	Georges Simenon	*L'aîné des Ferchaux*
202.	Patrick Raynal	*Le marionnettiste*
203.	Didier Daeninckx	*La repentie*
205.	Charles Williams	*Le pigeon*
206.	Francisco González Ledesma	*Les rues de Barcelone*
207.	Boileau-Narcejac	*Les louves*
208.	Charles Williams	*Aux urnes, les ploucs !*
209.	Larry Brown	*Joe*
210.	Pierre Pelot	*L'été en pente douce*
211.	Georges Simenon	*Il pleut bergère...*
212.	Thierry Jonquet	*Moloch*
213.	Georges Simenon	*La mauvaise étoile*
214.	Philip Lee Williams	*Coup de chaud*
215.	Don Winslow	*Cirque à Piccadilly*
216.	Boileau-Narcejac	*Manigances*
217.	Oppel	*Pirana matador*
218.	Yvonne Besson	*Meurtres à l'antique*
219.	Michael Dibdin	*Derniers feux*
220.	Norman Spinrad	*En direct*
221.	Charles Williams	*Avec un élastique*
222.	James Crumley	*Le canard siffleur mexicain*
223.	Henry Farrell	*Une belle fille comme moi*
224.	David Goodis	*Tirez sur le pianiste !*
225.	William Irish	*La sirène du Mississippi*
226.	William Irish	*La mariée était en noir*
227.	José Giovanni	*Le trou*
228.	Jerome Charyn	*Kermesse à Manhattan*

270.	Joseph Bialot	*Babel-Ville*
271.	Charles Williams	*Celle qu'on montre du doigt*
272.	Charles Williams	*Mieux vaut courir*
273.	Ed McBain	*Branle-bas au 87*
274.	Don Tracy	*Neiges d'antan*
275.	Michel Embareck	*Dans la seringue*
276.	Ian Rankin	*Ainsi saigne-t-il*
277.	Bill Pronzini	*Le crime de John Faith*
278.	Marc Behm	*La Vierge de Glace*
279.	James Eastwood	*La femme à abattre*
280.	Georg Klein	*Libidissi*
281.	William Irish	*J'ai vu rouge*
282.	David Goodis	*Vendredi 13*
283.	Chester Himes	*Il pleut des coups durs*
284.	Guillaume Nicloux	*Zoocity*
285.	Lakhdar Belaïd	*Sérail killers*
286.	Caryl Férey	*Haka*
287.	Thierry Jonquet	*Le manoir des immortelles*
288.	Georges Simenon	*Oncle Charles s'est enfermé*
289.	Georges Simenon	*45° à l'ombre*
290.	James M. Cain	*Assurance sur la mort*
291.	Nicholas Blincoe	*Acid Queen*
292.	Robin Cook	*Comment vivent les morts*
293.	Ian Rankin	*L'ombre du tueur*
294.	François Joly	*Be-bop à Lola*
295.	Patrick Raynal	*Arrêt d'urgence*
296.	Craig Smith	*Dame qui pique*
297.	Bernhard Schlink	*Un hiver à Mannheim*
298.	Francisco González Ledesma	*Le dossier Barcelone*
299.	Didier Daeninckx	*12, rue Meckert*
300.	Dashiell Hammett	*Le grand braquage*
301.	Dan Simmons	*Vengeance*
302.	Michel Steiner	*Mainmorte*
303.	Charles Williams	*Une femme là-dessous*
304.	Marvin Albert	*Un démon au paradis*
305.	Fredric Brown	*La belle et la bête*
306.	Charles Williams	*Calme blanc*
307.	Thierry Crifo	*La ballade de Kouski*
308.	José Giovanni	*Le deuxième souffle*
309.	Jean Amila	*La lune d'Omaha*

310.	Kem Nunn	*Surf City*
311.	Matti Y. Joensuu	*Harjunpäa et l'homme-oiseau*
312.	Charles Williams	*Fantasia chez les ploucs*
313.	Larry Beinhart	*Reality show*
315.	Michel Steiner	*Petites morts dans un hôpital psychiatrique de campagne*
316.	P.J. Wolfson	*À nos amours*
317.	Charles Williams	*L'ange du foyer*
318.	Pierre Rey	*L'ombre du paradis*
320.	Carlene Thompson	*Ne ferme pas les yeux*
321.	Georges Simenon	*Les suicidés*
322.	Alexandre Dumal	*En deux temps, trois mouvements*
323.	Henry Porter	*Une vie d'espion*
324.	Dan Simmons	*L'épée de Darwin*
325.	Colin Thibert	*Noël au balcon*
326.	Russel Greenan	*La reine d'Amérique*
327.	Chuck Palahniuk	*Survivant*
328.	Jean-Bernard Pouy	*Les roubignoles du destin*
329.	Otto Friedrich	*Le concasseur*
330.	François Muratet	*Le Pied-Rouge*
331.	Ridley Pearson	*Meurtres à grande vitesse*
332.	Gunnar Staalesen	*Le loup dans la bergerie*
333.	James Crumley	*La contrée finale*
334.	Matti Y. Joensuu	*Harjunpää et les lois de l'amour*
335.	Sophie Loubière	*Dernier parking avant la plage*
336.	Alessandro Perissinotto	*La chanson de Colombano*
337.	Christian Roux	*Braquages*
338.	Gunnar Staalesen	*Pour le meilleur et pour le pire*
339.	Georges Simenon	*Le fils Cardinaud*
340.	Tonino Benacquista	*Quatre romans noirs*
341.	Richard Matheson	*Les seins de glace*
342.	Daniel Berkowicz	*La dernière peut-être*
343.	Georges Simenon	*Le blanc à lunettes*
344.	Graham Hurley	*Disparu en mer*
345.	Bernard Mathieu	*Zé*
346.	Ian Rankin	*Le jardin des pendus*
347.	John Farris	*Furie*
348.	Carlene Thompson	*Depuis que tu es partie*
349.	Luna Satie	*À la recherche de Rita Kemper*
350.	Kem Nunn	*La reine de Pomona*
351.	Chester Himes	*Dare-dare*

352. Joe R. Lansdale	*L'arbre à bouteilles*
353. Peppe Ferrandino	*Le respect*
354. Davis Grubb	*La nuit du chasseur*
355. Georges Simenon	*Les Pitard*
356. Donald Goines	*L'accro*
357. Colin Bateman	*La bicyclette de la violence*
358. Staffan Westerlund	*L'institut de recherches*
359. Matilde Asensi	*Iacobus*
360. Henry Porter	*Nom de code : Axiom Day*
361. Colin Thibert	*Royal Cambouis*
362. Gunnar Staalesen	*La Belle dormit cent ans*
363. Don Winslow	*À contre-courant du Grand Toboggan*
364. Joe R. Lansdale	*Bad Chili*
365. Christopher Moore	*Un blues de coyote*
366. Joe Nesbø	*L'homme chauve-souris*
367. Jean-Bernard Pouy	*H4Blues*
368. Arkadi et Gueorgui Vaïner	*L'Évangile du bourreau*
369. Staffan Westerlund	*Chant pour Jenny*
370. Chuck Palahniuk	*Choke*
371. Dan Simmons	*Revanche*
372. Charles Williams	*La mare aux diams*
373. Don Winslow	*Au plus bas des Hautes Solitudes*
374. Lalie Walker	*Pour toutes les fois*
375. Didier Daeninckx	*La route du Rom*
376. Yasmina Khadra	*La part du mort*
377. Boston Teran	*Satan dans le désert*
378. Giorgio Todde	*L'état des âmes*
379. Patrick Pécherot	*Tiuraï*
380. Henri Joseph	*Le paradis des dinosaures*
381. Jean-Bernard Pouy	*La chasse au tatou dans la pampa argentine*
382. Jean-Patrick Manchette	*La Princesse du sang*
383. Dashiell Hammett	*L'introuvable*
384. Georges Simenon	*Touriste de bananes*
385. Georges Simenon	*Les noces de Poitiers*
386. Carlene Thompson	*Présumée coupable*
387. John Farris	*Terreur*
388. Manchette-Bastid	*Laissez bronzer les cadavres !*
389. Graham Hurley	*Coups sur coups*

390.	Thierry Jonquet	*Comedia*
391.	George P. Pelecanos	*Le chien qui vendait des chaussures*
392.	Ian Rankin	*La mort dans l'âme*
393.	Ken Bruen	*R&B. Le gros coup*
394.	Philip McLaren	*Tueur d'aborigènes*
395.	Eddie Little	*Encore un jour au paradis*
396.	Jean Amila	*Jusqu'à plus soif*
397.	Georges Simenon	*L'évadé*
398.	Georges Simenon	*Les sept minutes*
399.	Leif Davidsen	*La femme de Bratislava*
400.	Batya Gour	*Meurtre sur la route de Bethléem*
401.	Lamaison-Sophocle	*Œdipe roi*
402.	Chantal Pelletier	*Éros et Thalasso*
403.	Didier Daeninckx	*Je tue il...*
404.	Thierry Jonquet	*Du passé faisons table rase*
405.	Patrick Pécherot	*Les brouillards de la Butte*
406.	Romain Slocombe	*Un été japonais*
407.	Joe R. Lansdale	*Les marécages*
408.	William Lashner	*Vice de forme*
409.	Gunnar Staalesen	*La femme dans le frigo*
410.	Franz-Olivier Giesbert	*L'abatteur*
411.	James Crumley	*Le dernier baiser*
412.	Chuck Palahniuk	*Berceuse*
413.	Christine Adamo	*Requiem pour un poisson*
414.	James Crumley	*Fausse piste*
415.	Cesare Battisti	*Les habits d'ombre*
416.	Cesare Battisti	*Buena onda*
417.	Ken Bruen	*Delirium tremens*
418.	Jo Nesbo	*Les cafards*
419.	Batya Gour	*Meurtre au Kibboutz*
420.	Jean-Claude Izzo	*La trilogie Fabio Montale*
421.	Douglas Kennedy	*Cul-de-sac*
422.	Franco Mimmi	*Notre agent en Judée*
423.	Caryl Férey	*Plutôt crever*
424.	Carlene Thompson	*Si elle devait mourir*
425.	Laurent Martin	*L'ivresse des dieux*
426.	Georges Simenon	*Quartier nègre*
427.	Jean Vautrin	*À bulletins rouges*
428.	René Fregni	*Lettre à mes tueurs*
429.	Lalie Walker	*Portées disparues*

Composition Nord Compo
Impression Novoprint
le 6 novembre 2006
Dépôt légal : novembre 2006

ISBN 2-07-034169-0/Imprimé en Espagne.

145942